난 밥 먹다가도
화가 난다

난 밥 먹다가도 화가 난다

(청소년 성장소설 십대들의 힐링캠프, 분노)

[십대들의 힐링캠프®] 시리즈 NO.18

지은이 | 이선이
발행인 | 김경아

2019년 4월 28일 1판 1쇄 발행
2019년 7월 7일 1판 2쇄 발행
2020년 10월 25일 1판 3쇄 발행 (총 4,000부 발행)

이 책을 만든 사람들
책임 기획 | 김경아
북 디자인 | 김효정
교정 교열 | 좋은글
경영 지원 | 홍종남
표지 일러스트 | 발라

이 책을 함께 만든 사람들
종이 | 제이피씨 정동수 · 정충엽
제작 및 인쇄 | 천일문화사 유재상

펴낸곳 | 행복한나무
출판등록 | 2007년 3월 7일. 제 2007-5호
주소 | 경기도 남양주시 도농로 34, 부영e그린타운 301동 301호(다산동)
전화 | 02) 322-3856 팩스 | 02) 322-3857
홈페이지 | www.ihappytree.com
도서 문의(출판사 e-mail) | e21chope@daum.net
내용 문의(지은이 e-mail) | sun20714@naver.com
※ 이 책을 읽다가 궁금한 점이 있을 때는 지은이 e-mail을 이용해 주세요.

ⓒ 이선이, 2019
ISBN 979-11-88758-08-1
"행복한나무" 도서번호 : 109

난 밥 먹다가도
화가 난다

| 이선이 지음 |

열여섯 살,
나는 밥을 먹다가도 화가 난다

"딴~ 따라란 따라란 딴~ 딴~ 일어나세요! 일어나실 시간입니다."

한참 꿀잠을 자고 있는데 어디선가 어렴풋이 시끄러운 여자가 뭐라고 하는 소리가 들렸다. 어지간하면 그만 할 때도 됐는데 계속 시끄럽게 말한다.

'아, 뭐야~ 진짜! 겁나 시끄럽네. 아우!' 투덜거리며 이불을 머리끝까지 다시 뒤집어쓰는 순간 뭔가 느낌이 싸~ 했다.

'가만있어 봐. 오늘이 며칠이지? 방학인가? 학교 가는 날인가?'

아직도 잠에서 깨어날 생각을 하지 않는 뇌는 한쪽에 얌전히 눕혀두고, 눈을 번쩍 떴다. 핸드폰을 찾아야 한다. 도대체 핸드폰은 또 어디에 있는 거야! 조금 전까지 시끄럽게 야단이더니 어디로 사라진 거지? 정신없이 잠들어 있던 뇌도 갑자기 벌떡 일어나 핸드폰을 찾는데 집중한다. 아침마다 알람을 끄고 다시 잘까 봐 어디엔가 손이 닿지 않는 곳에 두고 잔 것은 분명한데 그곳이 어디였더라? 어디였지? 아이, 진짜 또 열 받기 시작하네. 아, 이놈의 핸드폰! 핸드폰 어디 간 거야?

"엄마! 엄마~아!"

"왜?"

밖에서 엄마 목소리가 들린다.

"내 핸드폰 어딨어?"

"네 핸드폰을 왜 엄마한테 물어봐?"

"아, 진짜 어딨냐고~오! 미쳐버리겠네! 어.딨.어!!!!!"

고무장갑을 낀 채 방문을 열어젖힌 엄마는 한심하다는 듯이 혀를 끌끌 차면서 말씀하신다.

"야, 네 발밑에 있다."

"아, 그럼 주고 가야지 그냥 가면 어떡해! 아우 진짜!!!!"

"아침부터 또 시작이냐? 응? 빨리 준비해서 학교나 가!"

아침에 눈 뜨자마자 또 기분 잡치고 말았다. 도대체 하루를 기분 좋게 시작한 날이 없었던 것 같다. 왜 눈만 뜨면 이렇게 날마다 기분이 나쁜지 모를 일이다. 다른 사람들도 모두 그러는 것인지 나만 그러는 것인지는 나도 모르겠다. 누군가에게 물어본 적이 없으니 알 리가 없지.

아니, 엄마는 기왕에 방문을 열고, 핸드폰이 어디에 있는지 말했으면 핸드폰도 집어서 주면 얼마나 좋아? 엄마 좋고, 나 좋고. 꼭 그렇게 문을 쾅 하고 닫고 가야지 직성이 풀리시나? 인간 이상윤이가 제대로 맘먹고 학교 좀 가보겠다는데 엄마가 도움이 안 돼요. 오늘이 중3이 되는 첫날인데, 좀 부드럽게 먼저 와서 깨워주기라도 하면 어디가 덧나나? TV에서 보면 다정하게 토닥토닥 하면서 깨워주는 엄마들도 쩨고 쌨더만. 아무리 생각해도 나는 잘못 태어난 게 분명하다. 혹시, 우리 엄마가 진짜 엄마가 아닌 건 아닐까? 에잇! 모르겠다. 일단은 학교에 잘 다니기로 마음먹었으니 학교나 가보는 수밖에.

화장실에 들어가 머리를 감고 세수를 하고 수건으로 닦으며 거울을 들여다본다. 뭐, 좀 봐줄 만한 얼굴이 거기에서 시크한 표정을 짓고 쳐다본다.

'뽀얀 피부도 이 정도면 됐고, 키도 178이니 훌륭하고, 흠이 있다면 약간 가늘게 찢어진 눈인데 요즘 또 이렇게 작게 찢어진 눈매가 유행이잖아?'

혼자 속으로 생각하다 보니 나도 모르게 피식 웃음이 나온다. 작년에 잠깐 사귀었던 여자 친구 민정이가 내 눈이 매력 쩐다고 했던 말이 떠올랐기 때문이다.

'병신, 매력적이긴. 그래놓고는 눈이 작아서 같이 사진 찍으면 못생겨보여서 창피하고 짜증난다고 뒤에서 까고 다니고…….'

아, 갑자기 또 열이 슬슬 뻗친다. 왜 또 개 생각을 하고 난리야. 그래도 착하고 예뻐서 여자 친구인 것이 자랑스럽고 좋았는데, 뒤에서 그렇게 말하고 다닐 줄은 꿈에도 몰랐다. 광석이가 말해주지 않았더라면 아마 지금도 맛있는 거 사 먹이고 선물 사주느라 용돈을 다 바쳤을지도 모른다. 그렇게 생각하면 잘 된 일인 것 같긴 하지만 아무리 생각해도 속이 쓰리고 아픈 것은 사실이다.

"먼저 좋다고 한 게 누군데 그딴 말을 하고 다녀!"

속으로 생각한다는 것이 나도 모르게 또 큰 소리로 말하고 말았다.

"뭐라고? 누가 무슨 말을 하는데?"

주방에서 엄마가 듣고 묻는다.

"아, 암 것도 아니야! 엄만 밥이나 줘요!"

빗질을 하고 옷을 갈아입고 식탁 앞에 앉았다. 오늘 아침은 돼지고기 넣은 김치찌개다. 콩나물과 두부도 들어간, 아주 푹 끓인 맛있는 김치찌개는 내가 가장 좋아하는 음식 중 하나다.

"너, 새 마음먹고 학교생활 잘 시작하라고 네가 좋아하는 김치찌개 끓였어. 온 몸이 안 아픈 데가 없는데 아침 일찍부터 일어나서 끓였으니까, 맛있게 먹……."

엄마는 또 시작이다. 저놈의 잔소리 도저히 못 참겠다.

"아! 알았어요! 알았다고! 아침부터 진짜 또 잔소리 시작하네!"

"휴……."

엄마는 포기했다는 듯 더 이상 아무 말도 하지 않고 밥 먹는 나를 지켜본다.

"왜?"

"맛있게 먹으라고."

사실 엄마의 요리 솜씨 하나는 인정해 줄만 하다. 뭘 하든 금방 만드는 것 같은데 맛이 기가 막히다. 반찬이 몇 가지 없어도 주 메뉴 하나만 놓고 먹어도 밥 두 공기는 거뜬하다. 근데 엄마의 단점은 밥 먹을 때마다 안 해도 될 소리를 해서, 내가 밥 먹을 때도 화가 나게 만든다는 것이다. 그리고 약속을 안 지키는 것, 또 자주 아프다는 것이다.

내가 학교에서 사고를 치면 엄마는 항상 선생님들께 죄송하다고 말

난 밥 먹다가도 화가 난다

하고 아빠한테는 비밀로 해주신다고 약속한다. 하지만 결정적인 순간에는 꼭 아빠한테 불어버린다. 그게 최악이다. 이를테면 이런 일이다.

초등학교 때 짝꿍이 옆에서 연필로 나를 자꾸 콕콕 찌르고 혀를 내밀면서 놀리고, 눈을 크게 떠서 눈동자를 굴려대며 놀렸다. 나는 몇 번 참다가 너무 열 받아서 그 연필을 빼앗아서 그놈 허벅지를 그냥 콱! 찔러버렸다. 나도 내가 그렇게 힘이 셀 거라고는 생각도 못했다. 겨우 초등학교 3학년이었고 그때까지만 해도 내 키가 그렇게 큰 편도 아니었다. 그런 데다, 짝꿍은 나보다 덩치가 더 큰 아이였기 때문에, 내가 그 녀석한테서 연필을 뺏을 수 있을 거란 생각은 하지도 못했었다. 그런데 나를 놀리는 그 녀석의 혀와 눈동자를 보는 순간, 발바닥에서부터 뭔가 뜨거운 것이 허벅지를 지나 허리를 타고 목 뒤를 거쳐 머리끝까지 올라온다고 느끼는 순간! 정신을 차려보니 짝꿍의 허벅지에서 피가 나고 짝꿍은 그 큰 덩치가 부끄럽지도 않은지 목젖이 다 보이도록 입을 크게 벌리고 호들갑을 떨면서 울고 있었다.

담탱이는 바로 엄마에게 연락을 했고, 엄마는 짝꿍과 짝꿍 엄마에게 미안하고 죄송하다고 고개를 수십 번도 더 숙이며 사과를 하셨다. 나에게도 사과를 하라고 해서 어쩔 수 없이 미안하다고 한 마디 했다.

그 후로도 뭐 자잘한 일들이 꽤 있었다. 아니 내가 생각해도 좀 많기는 하다. 밥 먹고 있는데 맞은편 테이블에서 나를 보고 히죽거리면서 속닥거리는 놈들을 보고 열 받아서 밥 먹던 식판을 그대로 한 놈의 머리 위에 부어버린 일도 있었고, 시비가 붙어서 나에게 욕을 한 친구 얼굴을 향해 야구공을 던져서 이를 부러뜨리기도 했다.

이런 일들이 있을 때마다 엄마는 늘 사과를 하고 쩔쩔 매면서도 나한테는 한마디도 하지 않았다. 아니, 딱 이 한마디만 했다.

"아빠한테는 말하지 마라."

항상 잘못한 것을 막아주고 대신 사과해주고 아빠한테도 비밀로 해주는 엄마가 고마웠다. 하지만 가끔은 다른 엄마들도 원래 이런가, 우리 엄마가 착해서 그런 건가, 아니면 나는 어디에선가 데려온 자식인가 하는 생각으로 머릿속이 좀 복잡할 때도 있었다. 그래도 아빠한테 비밀로 해주다니, 그게 어디인가 싶었다. 아빠가 알면 죽도록 맞을 것이 뻔했으니깐.

그런데 그렇게도 비밀유지를 약속하던 엄마가 꼭 한 번씩은 비밀을 터뜨려버리곤 했다. 완전 제대로 뒤통수를 날리는 셈이었다. 부부싸움을 하다가 엄마가 궁지에 몰린다 싶으면 써먹는 일종의 비밀병기(?)로 내 비밀을 폭로해버리는 셈이었다.

"도대체, 일도 안 하는 여자가 집에서 밥도 안 하고, 청소도 제대로 안 하고 날마다 뭐하는 거야?"

"내가 일을 안 하긴 뭘 안 해요? 마트에 나가서도 일하고, 식당에서도 일하고, 반찬가게에서도 일하고! 누가 일을 안 해?"

"허허허! 아이고! 일주일 일하고 '나죽겠네' 하면서 한 달씩 노는 것도 일이냐? 응? 이런 것도 마누라라고 데리고 사니, 원 참."

"아이고! 누가 일을 안 한대? 응? 당신 똑 닮아서 사고나 치고 다니는 아들 뒤치다꺼리 하는 것만으로도 힘들어 죽겠고만!"

"뭐? 상윤이가 뭘? 사고를 쳐? 이놈의 자식이 무슨 사고를 쳐?"

"말도 마요! 뭐, 내가 말을 안 하니까 그렇지. 한 두 건이라야지! 내가 왜 모르는 여자들한테 가서 굽실거리고 사과하고 그래야 하는데? 왜?"

"야! 이상윤! 너 이리 와봐!"

이렇게 되면 게임 오버였다. 엄마의 승. 그리고 나 이상윤의 패.

화가 잔뜩 난 아빠 앞에서 거짓말을 할 수도 없고, 있었던 일을 이야기 하면 양쪽 뺨이 퉁퉁 붓도록 날아오는 무서운 손바닥, 그 다음은 주먹과 정강이 조인트가 정해진 수순이었다. 이러니 내가 엄마를 도무지 믿을 수가 없었다. 엄마라는 사람이 어떻게 이렇게 아들에게 믿음을 주지 못하는지 참 알 수 없는 노릇이다.

아빠는 자동차 정비 일을 하시는데 끄떡하면 나를 때린다. 하지만 뭐 시도 때도 없이 막 때리는 것은 아니다. 다 내가 잘못했을 때 때리는 것이니 뭐라 할 말이 없긴 하다. 허리 디스크가 심해서 거의 못 움직일 때도 있는데, 날마다 일을 나가는 아빠를 보면 같은 남자로서 불쌍하고 안 됐다는 생각이 요즘엔 많이 든다. 내가 철이 좀 든 건지는 모르겠지만 말이다. 거기에다 당뇨인지 뭔지 위험한 병까지 왔다고 하니 사실 걱정이 되기도 한다. 엄마가 꾸준히 일을 하고 아빠는 좀 쉬엄쉬엄하시면 좋겠는데, 엄마는 원래가 약골인가보다. 그러니 내가 빨리 커서 돈을 버는 수밖에 없을 것 같다.

근데, 내가 돈을 벌 수 있을까? 고등학교까지 잘 마칠 수 있을까? 사실 걱정이 된다. 공부는 안 한지 8년은 된 것 같고, 이놈의 성질머리가 안 좋아서 시도 때도 없이 욕이 나오고 폭발을 잘 해서 졸업이나 잘 할 수 있을지도 걱정이다.

그러고 보면 애들이 별명 하나는 참 잘도 짓는다. 날더러 '또라이', '똘', '폭탄'이라고 부르니 말이다.

"밥 먹다 무슨 생각을 그렇게 해? 첫날부터 지각하지 말고 얼른 가!"

"아잇! 씨~ 알았어!"

아무튼 엄마가 무슨 말만 하면 그냥 기분이 나쁘다. 내가 문제인 걸까, 엄마가 문제인 걸까?

후다닥 양치를 하고 집을 나선다. 현관에서 신발을 신는 순간, 절실하게, 정말 간절하게 학교에 가고 싶지 않다는 생각이 든다.

'그냥 집에서 잠이나 잘까?'

이렇게 생각하는 순간 또 엄마의 목소리가 날아온다.

"빨리 안 가니?"

"아우! 간다고, 간다고, 간다고!!!!"

차례

|프롤로그| 난 밥 먹다가도 화가 난다 • 4

1. 첫인상은 유쾌한 담임쌤 • 16

2. 급식도 못 먹게 하는 거지 같은 학교! • 24

3. 다다다다다~ 공포의 이빨마녀쌤 • 30

4. 어쩌지 못하는 분노 • 40

5. 억지로 쓰는 사실 확인서 • 51

6. 아빠는 항상 말했다 "맞으면서 크는 거야" • 82

7. 분노가 나를 삼킨다 • 97

8. 심장 쫄리는 생활교육위원회 • 113

9. 마음 고르기 프로그램을 시작하다 • 131

10. 분노와 두려움 사이 • 145

11. 나의 병은 분노조절장애 • 168

12. 될지 모르겠지만 달라지기로 했다 • 185

13. 오르고 또 오르면 • 201

1.
첫인상은 유쾌한 담임쌤

학교 가는 발걸음이 그리 가볍지는 않다. 3월이지만 아직도 얼굴을 스치는 바람은 무겁고 날카롭다. 마치 내 마음처럼 말이다. 학교에 가면 반이 바뀌고 쌤들도 바뀌어 있을 텐데, 광석이만이라도 같은 반이 되면 좋겠다.

3학년 교실이 있는 3층으로 올라가니 복도에서 애들이 모여서 와글와글 떠들고 있다. 벽에 모두 모여 서있는 것을 보니 아마 반 배정을 붙여 놓았나보다. 양쪽 바지주머니에 두 손을 하나씩 찔러 넣고 반 배정이 붙은 곳으로 다가가니 모여 있던 아이들이 눈치를 보면서 자리를 내준다. 실실 눈치를 살피는 것이 꼭 고양이 눈치를 보는 쥐새끼들 같다. 열라 기분 나쁘다.

내가 뭘 했다고 저렇게 눈치를 보는 건지. 내가 뭐 벌레라도 되

난 밥 먹다가도 화가 난다

나? 소리를 그냥 꽥 질러버리고 싶다. 그런 눈깔로 나를 좀 보지 말라고. 왜 그렇게 보냐고. 나에 대해서 뭘 안다고 그런 식으로 피하냐고 있는 대로 성깔을 부리고 싶지만 오늘은 새 학기 첫날이니 참아야지. 괜히 말썽 부렸다가는 1년을 아주 골로 보내는 수가 있으니 말이다.

벽에 붙은 종이에서 내 이름이 어디 있는지 재빨리 눈으로 훑었다. 1반, 2반, 3반에도 없다. 도대체 몇 반인 거야? 짜증스럽게 찾고 있는데 5반에 내 이름이 있는 것이 눈에 띄었다. 혹시 아는 이름이 또 없나 열심히 찾았다.

'누가 없을까? 광석, 광석, 에잇! 씨발!'

없다. 광석이 이름이 없다. 후~ 한숨을 쉬며 살펴보는데, 희라와 지현이 이름이 눈에 들어온다. 그나마 나랑 어울려서 놀고 말도 좀 통하는 애들이라 마음 한구석이 잃어버렸던 물건을 찾은 것 마냥 편안해진다. 광석이 이놈은 6반이다. 다행이다. 반이 멀면 밥 먹으러 갈 때 만나기도 귀찮은데 바로 옆 반이니 금방 만날 수 있겠다.

나는 내가 지을 수 있는 온갖 인상을 다 쓰고 어디에 앉아야 할지 몰라 교실을 휙 둘러봤다. 앞문으로 들어서던 희라가 나를 향해 아는 체한다.

"야! 똘!!! 너도 5반이냐? 와우!!!"

희라의 말에 내 눈치를 살피느라 조용하던 아이들은 다시 와글와글 시끄러워진다.

"오랜만에 보고 똘이 뭐냐, 똘이?"

"똘 맞지! 니같은 똘이 우리 학교에 어디 있다고 그래?"

항상 솔직하고 밝고 에너지가 넘치는 희라는 보는 사람까지 기분 좋게 만드는 재주가 있다.

"야, 그래도 솔직히 똘은 아니지. 그냥 남자다운 거지."

"아이구, 두 번만 더 남자다우면 너한테 욕 안 먹는 사람 없겠다! 그나저나 책상 위에 있는 이 봉투들은 뭐야?"

"그러게."

"와! 이름이 써 있네. 너는 저기 저 운동장 쪽 창가 자리인가 봐. 저기에 네 이름 적힌 봉투 있어. 와우! 뭘까? 나 얼른 자리에 가서 볼래. 선물인가? 뭐지?"

희라는 아기 토끼처럼 깡충거리며 신나게 앞쪽으로 가서 앉는다. 나도 창가의 자리에 가서 앉았다. 봉투를 열어보니 손 글씨로 쓴 편지가 들어있다.

안녕~! 5반으로 오게 된 것을 환영해.

무서운 중2병을 잘 이겨내고 3학년으로 무사히 올라오게 된 것을 축하해. 새로운 반에 잘 모르는 친구들과 함께 있으니 낯설고 어색하지? 그래서 아마 발톱을 숨긴 고양이처럼 얌전히 앉아서 이 글을 읽고 있겠지? 그 숨긴 발톱은 일 년 내내 꼭꼭 숨겨두고, 착하고 순하게 1년을 보내길 선생님은 간절히 바란단다.

소개할게. 선생님 이름은 '박지민'이고, 과목은 '국어'야. 올해로 15년째이고, 담임은 참 오랜만에 하게 되었어. 그래서 올해 재밌는 일들이 많을 것 같아서 엄청 기대를 하고 있단다.^^ 선생님도 너희들을 만날 준비를 하면서 기대되는 마음, 설레는 마음도 있었지만, 한 해를 잘 보낼 수 있을까 하는 약간의 두려움과 긴장감도

느끼면서 보냈어. 너희도 그랬지?

우리 힘을 모아 멋진 한 해를 만들어 가보자꾸나. 홧팅!!!

너희들의 3학년 담임.

박 지 민 선생님이.

참 신기한 쌤이 다 있다. 새 학기 첫날부터 무슨 편지를 다 주고, 이런 거는 말로 하면 될 것을 이렇게까지. 뭐, 편지로 애들 환심 사서 자기 마음대로 애들 막 휘어잡고 그러려고 그러는 거 아닐까 하는 생각이 든다. 이러다 나도 담임한테 확 휘어 잡히는 것은 아닌지 갑자기 불길한 기운이 스멀스멀 올라온다.

희라는 편지를 다 읽고는 뒤늦게 온 지현이와 함께 시끌벅적 호들갑을 떤다.

"야! 대박! 우리 담임 완전 좋은 쌤일 것 같아. 어쩜 좋아! 우리 반 완전 잘 만난 것 같아."

희라의 말에 지현이도 덩달아 신이 났다.

"그러니까 제발 올해 쌤은 착해서 내 예쁜 얼굴, 화장 좀 지우라고 안 했으면 소원이 없겠다."

"야! 딱 보면 모르겠어? 완전 우리들 잘 이해해줄 각이지 않냐?"

희라가 엄지손가락과 검지를 ㄴ자로 만들어 턱에 대고 깜찍한 표정을 지으며 말했다.

"아! 치마도 좀 안 잡았으면 좋겠어. 딱 예쁜 길이로 맞춰서 입고 다니는데 제발 올해는 봐줬으면 좋겠다!"

거울을 보던 가희도 한마디 보탰다. 그러고 보니 아이들이 삼삼오오 모여서 있었던 게, 이 편지를 읽고 이야기하느라 그랬나보다. 이깟 편지가 뭐라고 이토록 야단인지. 아무튼 여자애들 가벼운 건 알아줘야 한다. 이렇게 좋다고 난리를 치다가 어느 순간 마음에 안 맞으면 금방 싫다고 떽떽거릴 것이 뻔할 뻔자다.

다른 걸 다 떠나서 나는 딱 작년처럼 조퇴나 잘 시켜주고, 터치 안 하는 쌤이면 좋겠다. 그래야 쌤도 좋고 나도 좋고 서로 상부상조하는 것이 될 테니 말이다. 괜히 친한 척하고 막 집에 전화하고 그런 것 좀 안했으면 소원이 없겠다.

방송에서 시작종이 울린다.

I have a dream, a song to sing~ To help me cope with any thing~ If you see the wonder of a fairy tale.

"아! 진짜, 저놈의 종소리 아직도 안 바꿨냐?"

"그러게 말이야. 저놈의 종소리 때문에 있는 꿈도 없어지게 생겼어."

"나 저 종소리 때문에 수업시간에 더 들어오기 싫어!"

"그건 아닌 것 같은데? 원래 너 수업시간에 늦게 들어오는 거 취미잖아!"

"야! 저 소리 들으면 더 반항심이 생겨서 일부러 늦게 들어오는 거거든?"

난 밥 먹다가도 화가 난다

희라와 지현이가 티격태격하는 사이 앞문이 열리자 다들 기대되는 마음 때문인지 숨소리도 들리지 않을 만큼 조용히 앉아 앞문을 주시했다. 쌤이 들어왔다.

쌤은 생각보다는 예뻤다. 긴 생머리에 165 정도의 키, 늘씬한 체격. 외꺼풀만 있는 눈매가 왠지 착하게 보였다. 나는 그 눈매가 맘에 들었다. 선생님과 눈이 마주치자 나도 모르게 깜짝 놀라 고개를 창밖으로 돌려버렸다. 수다쟁이 여자애들의 속삭이는 소리가 들린다.

"야! 쌤 정말 예쁘지 않냐?"

"나는 저 생머리가 청순함의 상징인줄 알았는데 완전 시크해 보여. 짱 멋있어!"

지현이와 희라의 속삭임에, 가희가 더 작은 목소리로 속삭인다.

"앗싸! 쌤 완전 착해 보여. 내가 연기 좀 하면 금방 나한테 넘어오고도 남을 것 같아. 킥킥킥"

가희의 말에 희라가 눈을 흘기며 말한다.

"아이고! 뭐 배우하려고? 네가 연기하면 내가 다 말해버릴 거야!"

그러자 동훈이가 조용히 이야기한다.

"아니야 저 눈 좀 봐. 엄청난 기운이 느껴지는 게, 카리스마가 장난 아닐 것 같아."

동훈이의 말에 갑자기 여자아이들이 조용해진다. 아이들이 속삭임이 그칠 때까지 한동안 가만히 서서 지켜보던 선생님이 약간은 어색한 미소를 지으며 인사를 하셨다.

"안녕하세요!"

"안녕하세요!"

아이들이 모두 유치원생처럼 고개를 바짝 쳐들고 새로운 담임쌤을 쳐다보고 있는 모습을 맨 뒷자리에서 보고 있으니 나도 모르게 피식 웃음이 난다.

'유치하다 유치해. 뭘 저리 잘 보이려고 기를 쓰나'

창밖을 보면서도 한편으로는 담임쌤이 뭐라고 하는지 궁금해 한쪽 귀를 열어두었다.

"여러분! 이미 편지 읽었죠?"

"네~"

"편지에 썼듯이 선생님 이름은 박지민이에요. 우리, 1년 동안 잘 지내봐요!"

"선생님이 어떤 분인지 너무 궁금했어요!"

희라가 웃음기 어린 목소리로 이야기 한다. 역시 희라다. 거침이 없다.

"선생님! 상상했던 것보다 훨씬 더 예쁘세요!"

'어라? 지현이 저거 아부 떠는 것 좀 보게. 저런다고 쌤들이 뭐 화장 안 잡는 거 봤나?'

"고마워요. 알고 있어요. 쌤도 쌤의 뛰어난 미모 때문에 정말 피곤해요."

선생님이 아무런 표정의 변화도 없이 뻔뻔하다 싶은 말투로 이런 멘트를 날리니 갑자기 3초 정도 정적이 흐르다가 웃음이 빵~ 터졌다.

"푸하핫! 쌤! 웃겨요!"

긴장감이 조금 풀린 아이들이 여기저기에서 질문을 한다.

"쌤! 몇 살이세요?

난 밥 먹다가도 화가 난다

"숙녀의 나이는 비밀인데, 그 정도 센스도 안 갖추고 있으면 곤란해~!"

"결혼하셨어요?"

"남자친구 있으세요?"

연달아 이어지는 질문에 선생님이 또 답하신다.

"남자친구가 있든 없든, 금방 질문한 너는 선생님 스타일은 아닌 듯!"

아이들이 또 깔깔대고, 질문을 한 동훈이의 얼굴이 빨개지자 선생님이 한마디 덧붙인다.

"농담인 거 알지?"

"네. 선생님도 제 스타일 아니에요!"

동훈이의 대답에 선생님도 웃는다.

"자~! 곧 1교시 시작하니까 미리미리 화장실 다녀오고, 오늘 하루 잘 보내고 종례시간에 봐요!"

"네~~~!!!"

아이들은 교실이 떠나갈 듯 큰소리로 대답한다. 담임쌤이 나가자 아이들은 장터에서 물건 흥정하는 것보다 더 소란스럽게 떠들어대기 시작했다. 희라와 지현이도 신이 났다. 아이들은 저마다 끼리끼리 저렇게 모여서 신나게 떠드는데, 나는 같이 떠들고 놀 친구들이 없다. 어떻게 된 게 남자애들 중에 나랑 말 한번 트고 지냈던 애들이 없는지 신기하다. 일부러 쌤들이 다 떼어놓은 것이 아닐까 심히 의심이 가는 상황이 아닐 수 없다. 아. 심심하다. 심심하니까 담배 생각이 간절하다. 그래도 참아야지. 첫날인데. 그래 첫날이니깐.

2

급식도 못 먹게 하는 거지 같은 학교!

4교시까지 어떻게 버텼는지 기억도 없다. 아니, 개학 첫날이면 적당히 단축수업 하고 점심 먹고 보내주면 좀 좋나? 당최 알아먹을 수도 없는 수업을 4시간이나 듣고 앉아 있으려니까 머리에 쥐가 날 지경이었다. 첫 수업인데 쌤들은 오리엔테이션 뭐 이런 것도 안 하고 3학년이라고 바로 진도 나가는 건 또 어느 나라 법칙인가? 당연히 첫 수업은 오리엔테이션 하고 적당히 쉬게 해주는 게 인간적인 도리가 아닌가? 근데 들어온 선생님들마나 **빡빡하게** 수업이나 하고, 아이고 올해 일 년은 진짜 죽었구나 싶은 생각에 마음이 천 길 낭떠러지로 떨어지는 것만 같았다.

점심시간을 알리는 종이 울리자마자 6반 뒷문으로 달려갔다. 근데

난 밥 먹다가도 화가 난다

아무리 기다려도 광석이 이 자식이 안 보인다.

'뭐지? 아까 분명히 밥 같이 먹으러 가자고 했는데?'

교실 안을 들여다봐도 광석이의 흔적은 눈 씻고 찾을 라야 찾을 수가 없다. 아무래도 먼저 간 것 같다. 이런 배신자 같으니라고. 아무리 빨리 밥을 먹고 싶다고 친구를 버리고 의리도 없이 혼자서 갈 수가 있단 말이야? 정신없이 급식실로 달려갔지만 급식실 입구는 이미 줄이 길게 늘어서 있었다. 광석이는 틀림없이 앞쪽에 줄을 섰을 것이다. 조용히 들어가서 사이에 끼어들면 된다.

나는 문 앞에서 나를 흘겨보는 아이들을 한 번 째려봐 주고는 급식실 안으로 들어갔다. 광석이가 수저통이 놓여 있는 바로 앞쪽에 서서 손을 흔들며 웃는다.

'아, 진짜 열라 재수 없네. 뭘 잘했다고 웃어?'

조용히 다가가서 광석이 뒤에 서는 순간, 갑자기 큰 목소리가 들려왔다.

"야! 이상윤이! 너 뒤로 가!"

목소리가 나는 쪽을 돌아보니 대머리가 반짝거리는 학생부장이다. 아 진짜 오늘 재수에 옴 붙었다. 일단 모르는 척 그냥 버텨봐야지. 광석이 뒤에 붙어서 반대편을 보며 광석이와 이야기하는 척하고 있는데 다시 들려오는 목소리.

"이상윤! 너 못 들은 척 할 거야? 빨리 뒤로 안 가?"

"왜요? 제 자리가 여기란 말이에요!"

"어디서 거짓말이야? 방금 끼어드는 거 봤는데?"

"제가 여기 있다가 잠깐 나갔다 온 거라구요!"

나도 모르게 거짓말이 술술 나왔다. 여기서 맨 뒤로 가면 혼자 밥을 먹게 된다. 광석이 저놈이 내가 갈 때까지 기다려줄 리가 없다. 무조건 여기에 서 있어야 한다.

"너! 지도 끝난 지가 얼마나 됐다고 또 거짓말이야?"

학생부장이 가까이 다가오며 부들부들 떨리는 목소리로 거칠게 소리를 내질렀다. 저렇게 소리 지르다가 열 받아서 그나마 몇 가닥 안 남아있는 머리카락까지 다 빠지면 어쩌시려고 저러는지. 순간 아이들의 시선이 일제히 나에게 쏠리는 것이 느껴졌다. 저 눈알들이 도대체 몇 개야. 뭘 보고 난리야 구경났나? 갑자기 얼굴이 벌게지면서 목을 타고 뜨거운 것이 머리끝까지 솟구치는 것이 느껴졌다.

"아이 씨발~! 밥 좀 먹어보겠다는데 줄을 서도 난리네!"

순간, 그렇게 시끌벅적하던 식당 안이 조용해졌다. 학생부장의 얼굴이 호빵맨처럼 부풀어 오르는 것이 보였다. 그 짧은 순간 내 머릿속에서는 오만가지 생각이 왔다 갔다 했다.

'모른 체하고 태연하게 밥을 먹어? 문을 발로 차고 나가?'

"너 이 자식! 방금 뭐라고 했어, 응?"

학생부장이 쉰 목소리를 내뱉으며 내 눈을 뚫어지게 쳐다보았다. 눈에서 불이 나오고 있었다. 입에서는 침이 튀고 있었다. 많이 화가 난 것 같다. 아이 씨발, 이럴 땐 그냥, 튀는 게 답이다.

들고 있던 숟가락과 젓가락을 바닥에 내팽개치고 급식실 밖으로 뛰쳐나와 버렸다. 광석이가 팔을 붙잡았지만 뿌리쳤다. 새끼, 미리 나 좀

26

기다려줬으면 이런 일은 없었을 거 아냐. 하필 오늘 학생부장이 급식 지도를 할 건 또 뭐람. 다른 쌤들 같으면 그냥 넘어가줬을 텐데 진짜 재수 없네. 배고파서 뒤지겠구만. 에잇! 진짜 열 받아!!!

그나저나 오늘은 급식 메뉴가 대박이었는데! 두툼하고 겉은 바삭한 돈까스 진짜 맛있는데! 거기에 김자반 주먹밥은 또 어떻고! 고소하면서 짭조름한 맛이 일품인데! 게다가 쇠고기 스프까지 나왔는데! 아, 그 쇠고기 스프 먹으면 속이 따뜻해지고 부드러워지는데! 진짜 아깝다. 그것뿐만이 아니다. 색깔도 곱고 부드러워 혀에서 살살 녹는 에그 타르트에, 매콤하고 쫄깃한 골뱅이무침, 디저트로 탱글탱글한 푸딩까지, 웬만한 뷔페 부럽지 않은 식단이었다. 이렇게 대박인 급식을 못 먹다니. 진짜 억울하다. 억울해서 죽을 것 같다.

학생부장이 뒤에서 뭐라고 하는 것 같았는데 그건 내 알 바가 아니다. 밥 좀 먹어보려는 학생을 그렇게 매몰차게 내쫓아도 되나? 적당히 모른 척도 좀 해주고, 쫌 그러면 안 되냔 말이다. 아무리 생각해도 완전 밥맛, 왕왕 왕재수다.

정문을 빠져나와 광석이 무리들과 함께 자주 가서 담배를 피우는 비밀 장소에 가서 담배를 꺼내 불을 붙인다. 올해는 새로운 마음으로 담배도 좀 끊고 성질도 좀 죽이고 살려고 했는데, 새 학기 첫날부터 이게 무슨 일이냔 말이다. 진짜 짜증 제대로다. 도대체 세상 일이 맘대로 뜻대로 되는 것이 하나도 없다.

담배를 있는 힘을 다해 빨아들여 연기를 크게 후~ 내뱉는다. 담배를 피우니 배고픔이 살짝 가시는 것 같기도 하고, 화가 나서 벌떡거리던 가슴도 조금씩 차분해지는 것 같다. 이 맛에 담배를 피우나보다. 화가 나고 내 마음이 내 뜻대로 되지 않을 때 나를 진정시켜줄 수 있는 사람은 아무도 없다. 그런데 이 담배, 담배를 쭉~ 빨아들이고 있노라면 담배가 내 화를 조금씩 조금씩 가져가는 것 같다. 내가 속상한 것, 짜증나는 것, 열 받는 것 모두 다 가져가서 태워주는 것처럼 마음이 조금씩 편안해진다. 그래서 자꾸만 피우게 된다. 아빠는 자기도 담배 피우면서 나한테는 절대 못 피우게 하고, 내가 피우다 걸리니까 죽기 일보 직전까지 심하게 팼다. 그러나 나는 담배가 좋다. 들키지만 않으면 된다. 이런 생각을 하다 보니 눈 깜짝할 사이에 두 대를 피워버렸다.

그나저나 학생부장이 집에 전화를 했을지 갑자기 마음이 무거워진다. 아빠가 알면 나는 끝장이다. 하필 그때 그렇게 딱 걸릴게 뭐람! 악마가 뒤에서 나를 조종하고 비웃고 있는 것 같은 생각이 든다. 그렇지 않고서야 나한테 항상 이런 불행이 뒤따라 다닐 순 없는 거다. 사실 담배도 엄마의 잔소리 때문에 좀 끊어볼까도 했다. 그런데 벌써 두 대나 피워버리다니, 결심이 하루도 못 간다. 휴~ 인간 이상윤, 너 정말 한심하기 짝이 없구나!

그런데 이건 순전히 학생부장 때문이다. 아우, 같은 또래라도 되면 한 대 때려버리면 속이 시원하겠다. 아까 급식 메뉴를 떠올릴수록 학생부장이 미워지고, 조금만 참을 걸 그랬나 하는 후회가 밀려온다. 뒤로 가라고 했을 때 뒤로 좀 가 있다가 눈치 봐서 앞으로 다시 갔어도 됐는데 왜 그랬을까. 그랬다면 지금쯤 맛있는 밥 먹고 따뜻한 교실 책상에 엎드려서 한숨 자고 있을 텐데. 이미 쏟아진 물 어쩌겠나. 항상 이놈의 성질이 문제다. 왜 순간적으로 화가 솟아오르면 참을 수가 없는지 도무지 모르겠다.

3

다다다다다~ 공포의 이빨마녀쌤

멀리서 5교시 예비 종소리가 들려왔다. 조용히 교문을 통과하고 교실로 들어갔다. 소리 안 나게 뒷문을 열고 들어간다고 들어갔는데, 문을 닫는 순간 아이들이 모두 뒤를 돌아보더니 다시 고개를 돌린다. 무심한 눈빛들. 나는 밥도 못 먹고 밖에 있다가 이렇게 들어오는데 아는 척하는 사람 하나 없다니. 희라마저 조용하다. 조용히 자리에 앉아 희라 쪽을 살펴보니 엎드려 자고 있다. 친구가 점심도 굶고 있는데 저렇게 태평하게 퍼 자다니. 인연을 끊어야 할까보다. 밥을 안 먹었더니 배도 고프고, 힘도 없고 짜증도 나고. 한숨 자야겠다는 생각에 책상에 엎드렸다. 잠이 들락 말락 하는 사이사이 아이들의 이야기 소리가 들려왔다.

"5교시 뭐야?"

난 밥 먹다가도 화가 난다

"수학"

"오! 맙소사! 실화냐? 수학이라니!"

"더 대박은 뭔지 알아?"

"공포의 이빨마녀쌤이라는 거 아니냐!"

"그게 누군데?"

"선배들한테 못 들었어? 잘못 걸리면 두 시간이고 세 시간이고 잡아 놓고 계속 이야기 하는 쌤이래. 더 대박인 것은 전혀 대화가 안 통한대. 혼자서만 계속 이야기하고 자기 이야기에 맞장구치고 인정해야만 보내준다나? 안 그러면 사소한 일 하나로도 집에 전화해서 부모님 오시라고 한대."

"차라리 맞고 말지. 두세 시간 동안이나 잔소리를 어떻게 듣고 앉아 있냐?"

"그러니깐. 완전 대박이지? 근데 그게 취미래. 암튼 잘못 걸리면 하루 종일 교무실에 앉아서 잔소리를 들어야 한대. 어떤 언니는 수업시간에 잤다고 부모님이 불려왔대. 계속 다다다다~ 쉬지도 않고 잔소리를 하는데 양쪽 윗니가 금니래. 잔소리를 듣다보면 이빨마녀 입의 양쪽에 각각 하나씩 있는 그 금니가 반짝거린대. 그래서 이빨마녀라는 별명이 붙었나 봐. 아무튼 걸리면 완전 재수 없으니까 조심해."

잠결에 생각했다. 그 선생님 누군지 몰라도 참 대단하네. 두세 시간 동안 할 말이 있다는 말이야? 나는 내 이야기를 5분도 못 하는데, 암튼 쌤이란 사람들은 다 말하는 걸 너무 좋아한다. 근데 왜 이렇게 배가 고프냐. 아~ 졸린다.

얼마나 잤을까? 꿈속에서 이제 막 엄마가 차려준 밥을 먹으려고 숟가락을 들었는데, 갑자기 누군가가 책상을 탁탁탁 내려치는 소리가 들렸다.

"이상윤! 안 일어나?"

'아이, 또 뭐래는 거야. 잠자는 사람을 깨우고 난리야. 아이 귀찮아 진짜. 에라 모르는 척 엎드려 있자'

"이.상.윤. 일어나세요. 지금이 잠자는 시간입니까? 선생님이 몇 번을 부르는데 엎드려있습니까?"

'적당히 하다가 그만 두겠지 뭐. 근데 진짜 시끄럽네'

"이.상.윤. 셋 셀 때까지 일어납니다. 하나. 둘. 셋!"

못 들은 척 계속 엎드려 있자 급기야 막대기로 책상을 내려치기 시작했다.

"탁. 탁. 탁. 이상윤!!!"

탁. 탁. 탁.

엎드려 있는 내 귀에 들려오는 소리. 막대기로 책상을 내려치는 저 소리, 숨이 막혀온다. 내가 잘못할 때마다 아빠는 뺨을 때리고 정강이를 차곤 했다. 하지만 그것으로도 화가 풀리지 않으면 마지막에는 항상 대걸레 막대기를 들었다. 어디서 주워왔는지 손잡이 부분이 반질반질하게 다듬어진 기다란 대걸레 막대기를 다용도실에 보관해 두었다. 그것을 든 아빠는 도망간 개를 찾아 헤매는 술 취한 개장수 같은 눈빛을 하곤 했다. 빨갛게 달아오른 눈동자는 금방이라도 불이 붙을 듯 이글

32

거렸고 코에서는 김이 뿜어져 나오는 것 같은 착각을 불러일으켰다. 그 막대기만은 피하고 싶었지만, 피한다고 피해지는 것이 아니었다.

탁. 탁. 탁.

식탁을 세 번 내려치고 나면, 그 다음 그 막대기가 향하는 곳은 나의 몸이었다. 어깨, 허리, 등, 종아리, 엉덩이, 팔, 어디 한 군데 빠져나갈 곳이 없었다. 아빠는 야구선수가 되고 싶어 열심히 타자연습을 하는 아이처럼 쉬지 않고 나에게 매를 휘둘렀다. 하지만 학교에 가라고 그러는 건지 얼굴만은 때리지 않았다. 쏟아지는 매타작을 당하고 나면 온 몸이 뻐근하고 아프면서도, 이번 잘못은 이것으로 퉁쳤다는 일종의 안도감이 몰려와서 안심이 되기도 했다. 그렇게 맞고 나면 더 이상은 그 잘못에 대한 것은 묻지 않았기 때문이다. 하지만 후유증은 심각했다. 한 달 이상 맞은 자리에 손이 스치기만 해도 아파서 악소리가 절로 나오곤 했다.

그런데 딱 그것이었다. 아빠가 매를 들기 전, 그 소리, '탁. 탁. 탁.' 도대체 이런 소리를 내고 있는 사람이 아빠 말고 또 누가 있단 말인가. 내가 왜 또 맞아야 한단 말인가. 잠 좀 잤다고 나를 향해 저 소리를 울린단 말인가! 내 안에서 잠자고 있던 악마가 마음 깊은 곳에서 울부짖는 것이 느껴졌다. 소리를 지르며 울고 있는 소리가 들렸다. 나도 모르게 크게 소리를 지르며 고개를 들었다.

"야! 이~ 씨발! 누구야!!!!"

소리를 지르며 고개를 들고 상대의 얼굴을 봤다. 관리를 잘해서인지 얼굴에 주름 하나 없어서 오히려 어색하게 느껴지는 얼굴을 한 여선생님이 서 있었다. 하얀 피부에 약간 풀린 듯 게슴츠레 한 눈. 뾰족한 콧날에 얇은 입술이 왠지 정이 안 가게 생겼다. 게다가 삐쩍 마른 몸은 아빠와 닮았다. 그리고 저 눈빛, 아빠의 그것과 닮아도 너무 닮았다.

"방금 뭐라고 했습니까?!"

"씨발이라고 했다!!! 뭔데 책상을 두드려! 뭔데!!!!"

나도 모르게 말을 내뱉었지만 가슴이 벌렁거렸다. 주변이 너무 조용한 것도 엄청 신경이 쓰였다. 아이들이 숨도 쉬지 않고 내가 하는 말을 듣고 있는 것 같았다. 갑자기 무서운 생각이 들었다. 하지만 이미 내뱉은 말을 주워 담을 수도 없고. 어떻게 수습해야 할지 모르겠다. 아니 수습을 꼭 해야만 하는 건지도 잘 모르겠다. 다만 화가 나서 몸이 부들부들 떨릴 뿐이다.

"선생님한테 씨.발? 이게 지금 할 소리입니까?"

"아 그럼 당신은 뭔데! 뭔데 남의 책상을 두드리냐고!!!! 잠 좀 잔 것이 무슨 큰 잘못이라고 씨발!!!"

이빨마녀의 얼굴이 새빨갛게 달아올랐다. 백짓장처럼 하얗던 얼굴이 순식간에 빨간 물감을 한 방울 떨어뜨려놓은 것처럼 새빨갛게 물들어가는 모습을 지켜보고 있으니, 뭔가 하지 말아야 할 말을 하고 말았다는 느낌이 들었다. 젠장, 망했다. 나는 안다. 내가 내 입을 통제할 수 없는 지경에 이르렀다는 것을. 그렇다고 멈출 수도 없다. 제발 이쯤에서 멈춰야 한다는 것을 머리로는 알지만, 한번 솟아오르는 분노는 금방 그치지 않는다.

"당, 당장 자리에서 일어나세요."

이빨마녀가 책상 위에 세워서 잡고 있던 매를 손 옆으로 떨어뜨리며 아까보다 작은 목소리로 더듬으며 말했다.

"왜! 왜 일어나야 하는데? 뭐, 뭐 내가 일어나라고 하면 못 일어날 줄 알고?"

나는 될 대로 되라는 심정으로 자리에서 일어났다. 자리에서 일어나니 내 키가 이빨마녀보다 한 뼘 이상은 더 컸다. 키도 나보다 작은 주제에 어디서 나를 건드려. 재수 없게!

"지금 한 말과 행동을 다 학생부에 가서 쓸 겁니다."

가만히 보니 이빨마녀의 윗입술 바로 아래, 감추어졌던 금니가 말할 때마다 살짝살짝 비친다. 금니를 보니 갑자기 더 재수 없게 느껴진다.

'돈 겁나 많은가 보네'

"학생부로 따라오세요."

이빨마녀의 목소리가 흔들리는 게 느껴진다. 그러나 나는 이제 그것이 신경 쓰이지 않는다. 학생부에 한 번만 더 가면 아빠가 가만히 두지 않을 거라는 말만 떠오른다. 내 머릿속의 모든 것들이 해체되어 용수철처럼 이리저리 튕겨져 나가는 것만 같다. 학생부라니! 학생부라니!

"웃기는 소리 하고 있네! 학생부는 왜! 할 말 없으면 무조건 학생부래! 내가 왜 가야 하는데!"

마음이 불안할수록 내 목소리는 더 커졌다. 이 사태가 또 아빠에게 알려지게 되면 나는 어떻게 될까? 맞다가 죽게 되는 것은 아닐까? 배고파서 잠 좀 잔 것이 학생부에 갈 일이란 말인가. 진짜 어이없고 기가 막힐 노릇이다. 근데 도대체 내 입은 왜 멈춰지지 않는 거지?

"집에서 이렇게 배웠습니까? 수업시간에는 잠이나 자고, 선생님한테 무례하게 굴라고 엄마, 아빠가 가르쳤어요?!!!"

이빨마녀도 다시 자제력을 잃은 게 분명했다. 나는 이빨마녀의 말에 머리의 나사가 핑~ 하는 소리를 내며 풀리는 것 같았다.

"여기서 집 이야기는 왜 나오는데? 네가 뭔데 집을 찾고 난리야!"

나는 있는 대로 소리를 지르면서 의자를 집어던졌다. 이빨마녀가 의자를 피하며 소리를 질렀다.

"어머낫!"

의자를 피한 이빨마녀가 허리에 두 손을 올리고 두 다리를 벌리고 서서 나를 노려보았다. 잘못하면 눈이 아예 돌아가게 생겼다. 지금 나랑 한판 붙어보겠다 이거지? 그럼 내가 뭐, 무서워할 줄 아나!

'무서워하지 마. 네가 훨씬 더 쎄! 저런 사람이 선생이라고! 우습지 않냐? 그냥 한 대 치면 날아가게 생겼네 뭐!'

머릿속에서 또 악마가 속삭이는 소리가 들렸다.

"선생님한테 '너'라고 했나요? 지금? 그리고, 그리고 이게, 지금 이게 뭐 하는 짓입니까! 이런다고 내가……. 내가 뭐, 그냥 넘어갈 줄 알아요? 이상윤! 어디서 지금 선생님 앞에서 난동을 부리는 거예요! 버르장머리 없이!"

목에 핏대를 세우며 눈을 질끈 감더니 이빨마녀는 소리를 질렀다. 그리고 다시 눈을 뜬 이빨마녀의 눈에서 큰 목소리와는 어울리지도 않게 물방울이 떨어졌다. 눈물… 인가……? 말도 안 돼. 저렇게 나한테

난 밥 먹다가도 화가 난다

소리 지르면서 자기 할 말 다 하면서, 나한테 어른 행세하면서 왜 울어? 자기가 왜? 울어도 내가 울어야지. 아빠한테 맞을 걸 생각하는 것만으로도 끔찍한 내가 울어야지 왜 자기가 우는데? 진짜 어이없다.

"아 진짜 선생이면 다야! 선생이면 다냐고! 왜 나한테 뭐라고 하는데! 왜!!!"

찔러도 피 한 방울 안 날 것 같이 독하게 생긴 이빨마녀의 눈물을 보자 마음이 갑자기 이상해졌다. 뭐, 그래서 어쩌라고? 울면 다야? 자기가 나를 화나게 해놓고 자기가 우는 건 뭔데? 진짜 어이가 없네. 근데 나와 이빨마녀를 둘러싸고 지켜보고 있는 저것들은 또 뭐야? 왜 나를 저런 눈으로 보는데? 나한테 지들이 해준 게 뭐가 있다고 저렇게 이상한 눈빛으로 보고 있는데? 왜! 도대체 왜!

"이상윤! 네가 이러고도 사람이니! 네가 학생이야?!!"

이빨마녀가 갑자기 차분하게 조용하지만 떨리는 목소리로 말한다. 이렇게 말하는 것이 더 소름끼친다. 차라리 욕을 하지, 왜 저렇게 말하는지 모르겠다. 내가 사람이 아니면 그럼 내가 뭐 동물이라도 된다는 말이야? 그런 건가? 아 진짜 웃기는 인간이네.

"야!!! 당신이 무슨 상관이냐고! 뭔데 나한테 이러냐고 쫌!!!"

나는 눈에 보이는 의자들을 잡고 계속 집어던졌다. 조용히 둘러서서 상황을 보고 있던 아이들이 이리저리 피하면서 소리를 지르는 바람에 교실은 순식간에 아수라장이 되었다. 이렇게 된 거, 어차피 집에 알려지는 것은 시간문제다. 무엇보다 가슴이 터질 것처럼 답답해서 딱 미쳐버릴 것만 같다.

"악!!!!!!"

"으악!"

"이상윤! 너 정말, 정말……!"

이빨마녀의 목소리가 거의 들리지 않았다. 얼굴은 하얗다 못해 파랗게 질려있었다.

"내가 막장이든 뭐든 당신이 뭔 상관인데!"

책상을 집어 들고 던지려는데 어디서 나타났는지 과학쌤이 갑자기 내가 들고 있던 책상 다리를 잡으며 나를 막아섰다.

"이건 또 뭐야! 놔요! 놔! 다 부숴버릴 거야! 놔란 말이야!"

"상윤아! 너 이 자식. 왜 이래? 마음 가라 앉히고 이 책상 내려놓자. 응? 말로 하자."

"됐다고요. 놔요. 다 죽여 버릴 거야. 죽여 버릴 거라고!"

점심도 제대로 못 먹게 새치기 하는 것 가지고 까칠하게 굴었던 학생부장도, 배고프고 힘없어서 잠 좀 자는데 그걸로 난리를 치는 이빨마녀도, 멍 때리고 눈치만 보는 반 아이들도 죽이고 싶을 만큼 미웠다.

"비키라고! 비켜!!!!"

악을 썼다. 속이 좀 후련해지는 것 같았다. 나는 손에 들고 있던 책상을 밀어서 던져버렸다. 그 순간, 책상 다리를 잡고 있던 과학쌤이 책상과 함께 저만치 나가 떨어졌다.

"으악! 선생님!!!"

아이들이 우르르 과학쌤 주변에 몰려들어 과학쌤을 일으켜 세웠다.

"선생님!"

난 밥 먹다가도 화가 난다

"괜찮으세요?"

이빨마녀는 멍하니 서 있다가 넋이 나간 사람처럼 뒷문으로 나가버렸다.

내가 무슨 짓을 한 거지? 돌아버리겠다. 그냥 잠 좀 잤다. 한두 번 그런 것도 아니다. 그런데 자꾸만 깨우는 쌤이, 탁탁 매질 소리를 내는 쌤이 싫었을 뿐이다. 배도 고프고 그래서 짜증도 나고, 그래서 잠 좀 잔 건데, 그렇다고 이렇게 될 줄은 몰랐다. 도대체 지금 내가 이빨마녀한테 뭐라고 한 거지? 내가 지금 무슨 짓을 한 거야? 과학쌤은 또 왜 저렇게 서 있는 거지? 진짜 돌아버리고 싶다. 아니야, 이건 어쩌면 꿈인지도 모르겠다. 꿈일 거야. 꿈이었으면 좋겠다. 근데 아까 이빨마녀의 눈물도 그렇고, 빨개진 얼굴도 그렇고, 소리 지르던 목에 핏대가 올라오던 모습도 그렇고, 꿈이라 하기엔 너무 생생하다. 나는 지금 뭐 하고 있었던 거지? 오늘 아빠한테 죽을 일만 남았다. 진짜 뒈졌다. 내 몸이 앤트맨처럼 작아져서 어디 숲속이나 그런 데 가서 아무도 모르게 살았으면 좋겠다. 아무도 나를 찾을 수 없는 곳에서, 자유롭게 아무 걱정 없이 살고 싶다.

교실을 뛰쳐나왔다. 나오는데 뒤에서 희라가 불렀다.

"야! 이상윤! 돌아와! 돌아와서 사과를 해야지! 이상윤!!!"

복도를 미친 듯이 달려 나가는데 바보같이 눈물이 나왔다. 사과라니 무슨 사과 이렇게 되어버렸는데 사과는 무슨 얼어 죽을 사과란 말이야. 사과는 잼이나 만들라고 해. 사과잼에 들어간 사과처럼 나도 팔팔 끓어서 죽어버리고 싶단 말이야. 이 기분 아니 희라야?

4

어쩌지 못하는 분노

학교에서 뛰쳐나왔지만 막상 나오니 갈 곳이 없었다. 집으로 가자니 엄마가 있을 것 같아서 안 될 것 같고, PC방을 가자니 돈이 없다. 그나마 다행인 것은 아침에 핸드폰을 제출하지 않은 것이다. 핸드폰마저 없었더라면 어쩔 뻔했나? 생각만 해도 아찔하다. 평소 자주 가는 놀이터 그네에 앉아 게임을 했다.

광석이나 희라에게 전화해서 학교 상황을 물어보고 싶었지만, 얘네들은 핸드폰을 내서 종례 때까지 못 받을 것이 뻔하다. 그나저나 집에 전화를 했을까? 했다면 오늘은 집에 안 들어가는 것이 상책인데, 진짜 큰일 났다. 마음속에 커다란 바위를 하나 끌어다 앉히고, 그 위에 돌들을 가득 쌓아 올려 탑을 만들어둔 것 같은 느낌이다. 그렇게 재밌던 게임도 재미가 없다. 집중을 할 수가 없다. 아, 내 맘대로 되는 게 하나도 없다. 어른이 되면 빨리 커버리면 맘대로 살 수 있을까? 그렇다면 10년쯤 얼른 시간이 흘러가 있으면 좋겠다. 혼자서 마음대로 살 수 있는 어른이 되고 싶다.

게임을 하다 보니 그래도 시간이 가긴 갔다. 학교가 끝날 시간이 되었다. 광석이 아니면 희라한테라도 전화를 해볼까 고민하고 있는데 마침 희라에게 전화가 왔다.

"야! 똘! 똘 중에서도 상 또라이! 너 어디야?"

"놀이터."

"어디 놀이터?"

"우리 항상 놀던 곳."

"너, 꼼짝도 말고 거기 가만히 기다려라. 어디 가면 나한테 죽는다."

"알았어~"

"가기만 해. 그럼 진짜 너 안 본다."

"알았다고!"

"끊어!"

30분쯤 지나니 희라가 지현이와 함께 저 멀리서부터 씩씩거리면서 달려온다. 춤도 잘 추고 놀기도 잘 하는 희라는 걷는 것도 꼭 춤추는 것 같다. 저런 에너지와 활기는 어디에서 오는 것일까? 거기에 비하면 지현이는 온 세상의 걱정을 한가득 짊어지고 사는 애늙은이 같다. 멀리서 봐도 보일 만큼 인상을 잔뜩 찌푸린 얼굴이 우울해 보인다. 그런데도 둘이 친한 걸 보면 신기하다. 그리고 이 상황에서 이런 생각을 하고 있는 내 자신도 참 어이없다.

"야! 오늘 왜 그랬는지 좀 말해 봐라. 응? 아무리 친구지만 내가 도무지 이해할 수가 없다. 도대체 왜 그런 거야?"

희라는 나를 보자마자 누나처럼 군다. 참 오지랖도 넓다.

"몰라."

"모르긴 왜 몰라? 일어나라고 하면 곱게 일어나서 그냥 가만히 있으면 되지, 왜 소리를 지르고 욕을 하고 난리를 쳐?"

"아니, 나도……. 그러니깐, 그게, 내가 생각한 게 아니라, 막 화가나면 갑자기 그렇게 욕이 먼저 나와 버린다니깐. 아 진짜 엿 같아! 오늘 재수 더럽게도 없는 날이야."

"그러게 생각이라는 것을 좀 해라. 머리가 왜 있겠냐? 생각이라는 것을 하라고 있는 거지. 너는 그냥 화만 나면 무조건 욕이 튀어나와 버린다는 거잖아. 그치?"

"그치."

"마음속으로 좀 생각을 해라."

"그게 안 되니까 이 모양이지. 그게 됐다면 이 모양으로 살았겠냐? 지금까지?"

"하기야. 나도 좀 이해가 되긴 해. 진짜 화가 나면 머릿속이 새하얘지면서 아무 생각도 안 들잖아. 상윤이는 그 순간에 욕이 터져 나가나보지. 나는 눈물이 먼저 나오던데."

지현이가 내 마음을 알겠다는 듯이 한마디 보태준다. 이럴 때에는 누나처럼 구는 희라보다 지현이가 더 편하다. 지현이의 위로가 지금 나에게는 더 필요하다. 조금은 안심이 되니까. 조금은 내가 이해가 되

난 밥 먹다가도 화가 난다

는 듯 느껴지니까.

"그래서. 너 앞으로 어떻게 할 건데?"

희라가 물었다.

"몰라. 어떻게 해야 되냐?"

나는 놀이터 바닥을 발끝으로 툭툭 차면서 희라에게 되물었다.

"무조건 싹싹 빌어. 방법은 그것밖에 없어. 그냥 '제가 잠깐 돌았나 봅니다. 잘못했습니다' 하고 무조건 빌어. 그것 말고 무슨 방법이 있겠냐?"

"그걸로 될까?"

"당근 안 되지! 벌은 받겠지."

"아~ 나 또 대안학교 이런 데로 특별교육 가게 되는 건 아닐까?"

"글쎄. 그럴 수도 있어. 이번에 너 쫌 많이 심했어. 알지?"

희라의 말에 내 가슴이 철렁한 것이 마치 얼음물에 풍덩 빠진 것처럼 몸이 오싹거렸다. 생각만 해도 끔찍하다. 대안학교의 특별교육은 진짜 생각하기도 싫다. 맙소사. 갑자기 담배 생각이 간절했다. 담배를 찾아 입에 물고 불을 붙이려고 하니 희라가 담배를 뺏는다.

"어휴, 이 또라이! 지금 담배나 피울 때야?"

희라의 말에 지현이도 덧붙인다.

"그래 담배 피우지 마. 흡연예방교육 동영상도 안 봤냐? 폐가 시커멓게 썩고 있는 거? 내가 모르긴 해도 니 폐가 절반은 썩었을 거다. 장담한다!"

"담배 안 피운다 해도 지금 속이 시커멓게 타고 있거든!"

내 말에 희라가 다시 윽박지른다.

"너, 내일 지각하지 말고 일단 학교에 일찍 가. 그리고 이빨마녀 찾아가서 무조건 잘못했다고 해. 알았지?"

"……."

"왜 대답을 안 해? 해야 하는 거야. 하는 게 맞는 거고. 네가 화가 난 건 난 거고, 욕하고 난동을 부린 건 잘못한 거야. 잘못한 것은 잘못했다고 하는 거다 잉?"

희라가 다시 한 번 쐐기를 박는다.

"맞아. 오늘은 이빨마녀가 진짜 불쌍하더라. 얼굴에 핏기가 하나도 없이 허수아비처럼 서 있다가 나가는데 나는 진짜 귀신이 걸어 나가는 줄 알았다니까. 너 진짜 잘못했어. 무조건 싹싹 빌어. 사실 이빨마녀가 좀 많이 재수 없긴 했지만 그래도 그건 아니지. 그리고 말리던 과학쌤은 또 어떻고."

"알았어."

내가 대답하자 그제야 안심이 된다는 듯 희라는 또 누나 미소를 짓는다.

마음이 답답하고 불안하고 솔직히 무섭기까지 했는데 희라와 지현이를 만나고 나니 한결 가벼워졌다. 그래. 내가 잘못하긴 잘못했다. 그렇게까지 할 일은 아니었는데 왜 이놈의 입은 해야 할 말과 하지 말아야 할 말을 구분하지 못하는 건지……. 누굴 탓하겠나, 나를 탓해야지. 그나저나 집에는 연락을 했을까? 집에 들어가도 되려나? 걱정된다.

희라에게 물었다.

난 밥 먹다가도 화가 난다

"쌤이 우리 집에 연락했을까?"

"당연하지! 이런 대형 사고를 쳤는데 연락 안 하셨겠냐?"

"그치? 에휴~ 난 죽었다."

"왜?"

"아빠가 한 번만 더 사고 치면 가만 안 둔다고 했거든."

"그래? 야, 그래도 설마 죽이기야 하시겠니?"

"죽일지도 몰라."

심각한 내 말에 장난으로 말했던 희라가 갑자기 눈치를 살폈다. 지현이도 나를 쳐다봤다.

"농담이야 농담."

"그치? 설마 아무리 큰 사고를 쳐도 자식을 죽이기야 하시겠어. 오늘은 집에 가서 빌고, 내일은 학교에 가서 빌어."

"휴~~ 응."

애들과 헤어져서 집으로 향하는 길. 작년에 교장 교감쌤한테 욕을 하고 집에 갈 때도 이랬던 것 같다. 양쪽 발목에 무거운 모래주머니, 아니 무거운 쇳덩어리를 달고 걷는 듯한 기분이랄까. 생각 같아서는 집으로 가지 않고 광석이네 집에서 자면 딱 좋을 것 같다. 근데 학교에서 전화가 왔다면 더 들어가야 한다는 걸 안다.

집에 들어가니 조용한 것이 아빠는 아직 퇴근 전인 것 같았다. 엄마도 아직 안 오셨나? 항상 거실에서 TV 보는 것이 일인데, 오늘은 조용하다. 거실에 안 계신다. 주방을 살짝 들여다보니 엄마가 식탁 앞에 앉아 소주를 마시고 있다.

"나 왔어요."

"……."

아마도 전화를 받았다면 기분이 별로겠지. 그러니까 대답하기도 싫겠지. 조용히 사라져 주는 게 상책이라는 생각에 방으로 들어가는데 뒤통수로 쨍하게 날아오는 엄마의 잔소리.

"야! 너는 할 줄 아는 게 욕밖에 없어? 내가 너 때문에 못 산다 못 살아!"

'내가 잘못했다. 그러니깐 그냥 들어가자. 내가 잘못했으니까'

숨을 크게 가다듬고 마음을 다잡으면서 못 들은 척하고 방문을 잡아당기는 순간, 술잔이 날아와 발뒤꿈치 근처에서 떨어지며 깨진다.

몸이 뻣뻣하게 굳어져 왔다. 익숙한 느낌, 뜨거운 것, 너무 뜨거워서 아픈 그것이 방바닥에서부터 발바닥을 타고 모든 뼈를 관통해서 머리 끝까지 치고 올라오는 이 느낌, 아 진짜 참으려고 했는데 왜 또 건드리고 난리야!

"아이 씨발! 그래! 난 욕밖에 몰라. 욕밖에 모른다고! 엄마가 이렇게 낳아 놓고 왜 이 난린데? 술잔은 왜 던져? 뭐, 맞고 죽으라고? 그럼 제대로 던지든지! 이 정도로 죽나? 술병을 던지지 그랬어? 그냥 콱 죽어버리게!"

눈이 살짝 풀린 엄마의 눈빛이 흔들린다. 저 눈빛도 정말 싫다. 항상 술에 취해있는 것 같은 저 눈빛. 맑고 다정한 눈빛은 태어나서 한 번도 해보지 않았던 것처럼 늘 흐리고 빨갛고 흔들리는 저 눈빛.

난 밥 먹다가도 화가 난다

"죽이라고? 내가 널 왜 죽여? 그냥 어디 가서 너 혼자 죽어! 이렇게 만날 속 썩이지 말고! 모르는 번호로 전화만 오면 내 마음이 어떤지 네가 알아? 네가 아냐고!"

"내가 알게 뭐야! 그러거나 말거나! 이렇게 키워놨으면 엄마가 책임져야지! 나라고 뭐 이러고 싶어서 이런대? 나라고 이렇게 살고 싶은 줄 아냐고!"

나는 방문 옆 벽을 주먹으로 쾅쾅쾅 내리치며 소리를 질렀다.

"이러고 싶지 않으면 안 하면 될 거 아냐 왜 맨날 이래 응? 왜 맨날 사고 치냐고!"

"엄마는 뭘 잘했는데! 엄마가 해준 게 뭔데 나한테 이 난리야! 이렇게 술 먹고 술주정이나 하는 건 자식한테 잘하는 짓이야?"

"내가 술을 왜 먹겠니 응? 흑흑흑, 속상하니깐 흑흑, 그렇지. 속상하니깐. 흑흑흑, 네가 말만 잘 들어봐! 엄마가 술을 마시나."

엄마는 흐느끼며 이야기를 했다.

"너는 맨날 사고 치지 아빠도 술만 먹으면 때리지, 내가 불안해서 흑흑흑, 불안해서 도대체 맘 편하게 살 수가 없어. 흑흑흑……."

흐느껴 우는 엄마를 보며, 왜 나는 이런 집에서 살아야 할까, 왜 이렇게 불행한 집에서 태어났을까, 자식이 잘못했으면 일단은 물어봐야 하는 건 아닌가, 자식한테 죽으라고 하는 부모가 세상에 어디 있나 원망스러웠다. 만약 나를 이런 부모 밑에 태어나게 한 신이 있다면, 나를 다른 집으로 보내지 왜 하필 이런 거지같은 집으로 오게 했냐고 따지고 싶어졌다. 지금이라도 다른 집으로 보내주든지 아니면 아예 태어나기 전으로 시간을 돌려서 태어나지 않게 해달라고 간절히 빌고 싶었다. 친구들 덕에 겨우 안정이 되었던 내 마음이 다시 요동쳤다. 나는 벽을 향해 있는 힘을 다해 주먹을 날렸다.

쿵!

쿵!

쿵!

주먹이 아파올수록 마음은 후련해지는 것 같았다.

"그만해!"

엄마가 자리에서 일어나 힘없는 몸짓으로 나를 향해 다가왔다.

쿵!

쿵!

엄마가 다가와서 내 팔을 거칠게 잡았다. 나는 있는 힘을 다해 엄마의 팔을 뿌리쳤다.

"그만해! 그만! 제발 그만 해! 알았으니까 그만 하라고!"

엄마는 소리를 질렀다.

"뭘 알았는데? 뭘 알았는데!"

"너 화난 거 알았으니까 그만 해."

주먹에서 피가 흐르고 눈에서 눈물이 흘렀다. 엄마는 피가 흐르는 내 오른손을 붙들었다.

"그만 해. 엄마도 속상해서 그랬어. 화나고 속상하고 짜증나서 그랬어. 그러니까 그만 해."

수건을 가져와 내 손을 닦으며 엄마는 말했다.

난 밥 먹다가도 화가 난다

"네가 말썽부릴 때마다 전화기에 대고, 아니면 학교에 찾아가서 얼굴을 보고 잘못했다고 죄송하다고 할 때마다 나는 왜 항상 빌기만 할까, 왜 항상 굽실거리기만 해야 하나 속상하고 슬펐어. 그래서 엄마 말이 좀 헛나갔나 보다. 미안해. 그러니까 그만 하자."

"아무리 그래도 그렇지, 어떻게 자식한테 죽으라고 할 수가 있어?"

말은 이렇게 하면서도 엄마가 누군가에게 굽실거리는 모습을 상상하니 엄마한테 미안한 생각이 들었다. 그러고 나니 주먹을 내려친 내 행동이 좀 민망하기도 했다. 그 민망함을 감추려고 퉁명스런 말투로 물었다.

"학교에서 뭐라고 전화 왔는데?"

"네가 선생님에게 욕을 하고, 선생님을 밀쳐서 다치게 하고 그랬다고."

"쌤이 다쳤다고?"

"넌 몰랐어?"

"몰랐어. 책상으로 밀치긴 했는데."

"왜 그랬는데?"

"에잇, 몰라. 말하려면 길어."

"길어도 말을 해야 엄마가 상황을 알지."

"휴~."

내 말을 다 들은 엄마는 아무 말도 하지 않으셨다. 다만 이 한마디만 했다.

"아빠한테는 말하지 말자."

"알았어. 근데, 약속 지켜요."

"무슨 약속?"

"뒤에 또 말해버리지 말라고요."

"알았어. 들어가서 쉬어."

방으로 들어와 침대에 벌러덩 누웠다. 오늘 하루가 한 일 년은 된 것 같다. 하기야, 일 년에 한번 있을까 말까 할 법한 큰 사고를 연달아 두 건이나 쳤으니 그럴 만도 하다. 그나저나, 과학쌤이 어딜 다치셨다는 말일까 갑자기 불안해진다. 그래도 작년부터 봐왔던 쌤이고 나에게도 잘 대해주시고 농담도 걸어주시던 좋은 쌤인데, 왜 하필 그 시간에 나타나서는. 에휴, 지금 와서 후회해 봐야 무슨 소용이 있겠나. 아무래도 내 안에는 악마가 똬리를 틀고 있나 보다. 나도 어쩌지 못하는 분노의 악마가.

5

억지로 쓰는 사실 확인서

어디선가 계속 시끄럽게 울리는 핸드폰 벨 소리에 잠에서 깼다.

'아, 뭐야. 아침부터 진짜 잠도 못 자게'

눈을 겨우 뜨고 머리맡에 있는 핸드폰을 집어 들었다.

💬 미친 돌

광석이다. '미칠 광, 돌 석'이라고 친구들이 별명을 붙여났는데 아무리 생각해도 최고의 별명 같다. 돌이 미치면 어떻게 되는 걸까 궁금하다면 이놈을 보면 되니까. 뭐, 광석이는 나보다는 덜하다고 하지만 그거야 광석이 생각이고. 어쨌거나 이 자식은 어제는 소식도 없더니 아침 맷바람부터 웬 전화질인지 모르겠다.

"여보세요."

"야! 아직도 자냐?"

"자지 그럼."

"너 그렇게 큰 사고 쳐놓고 지금 이 시간까지 잠이 오냐?"

"지금이 몇 신데?"

"8시 50분"

"뭐???"

"8시 50분이라고, 똘아. 빨리 날아와라."

"알았어."

아니 지금 이 시간이 되도록 엄마는 깨우지도 않고 도대체 뭘 한 거야. 짜증이 확 치밀어 오른다. 자식이 아침에 일어나건 말건 학교에 가건 말건 신경도 안 쓰는 엄마가 세상에 어디 있나? 바로 여기 있다.

"엄마! 엄~마!"

"엄마! 아우! 짜증나 진짜!"

자리에서 일어나 엄마 방문을 열었다. 엄마는 아직까지 자고 있다. 지금 시간이 몇 신데. 어젯밤에 도대체 몇 시까지 술을 마신 거야.

"엄마! 나 좀 깨우지 뭐해! 아직까지 잠만 자고, 진짜 엄마 맞아? 아우!"

"일어났으면 학교 가면 되지 왜 또 아침부터 지랄이야!"

"몰라! 학교 안 가! 안 간다고!"

"그래, 너 알아서 해라. 학교를 가든지 말든지. 학교에서 아빠한테 전화를 하든지 말든지."

엄마는 이불을 머리끝까지 뒤집어쓰며 몸을 반대편으로 돌려버린다.

"지금 그걸 말이라고 해? 아주 소원을 빌고 있네, 소원을 빌고 있어."

나는 다섯 마리의 곰이 온 몸에 붙어서 무거워진 것 같은 몸을 이끌고 화장실로 갔다. 머리에 한 마리, 양쪽 어깨에 한 마리씩, 등에도 한 마리, 엉덩이에도 한 마리, 곰들이 내 몸을 땅바닥으로 붙이려고 작정을 하는 것처럼 몸이 무겁다. 맞은 것도 아닌데 왜 이럴까? 마음이 불안해서 그런가? 아! 화난다. 꼭 학교에 가야 하나. 그냥 확 때려치우면 안 되나. 씻으려고 샤워기를 들었다가 다시 샤워기를 꽂아두고 방으로 가려고 하는데 희라의 말이 머릿속에 맴돌았다.

"무조건 잘못했다고 해. 잘못한 거 맞잖아."

근데, 학교에 가서 뭘 어떻게 해야 할지 도무지 감이 잡히지 않는다. 그냥 그만 두면 좋겠다. 뭐, 알바나 하면서 살면 되지. 안 될게 뭐 있겠어? 알바해서 돈 벌어서 집도 사고 차도 사고 즐기면서 사는 거지 뭐. 빌어 가면서까지 이놈의 학교를 꼭 다녀야 하나?

그렇지만, 그렇지만 학교를 가긴 가야 할 것 같다. 희라도 그렇고 광석이도 그렇고 기다릴 텐데. 가보자. 어떻게든 되겠지 뭐.

머리를 잽싸게 감고 교복을 입고 학교를 향해 달렸다. 달린다고 해도 이미 늦었지만 그래도 왠지 달려야 할 것 같은 생각이 들었다. 정문을 통과하니 배움터 지킴이쌤이 이제야 오냐고 하시면서 혀를 끌끌 찬다. 지금이라도 오는 게 어딘데 자기가 뭘 안다고 저러는지 꼰대질 하려는 어른들은 진짜 딱 질색이다. 지킴이쌤이 쓰고 있는 모자를 푹 눌러 앞이 보이지 않게 만들어버리고 싶은 생각이 드는 것을 꾹 참고 교실을 향해 달렸다.

핸드폰을 보니 벌써 1교시가 끝나가고 있었다. 순간 고민이 됐다.

'1교시 끝나면 갈까? 쉬는 시간 시작되면?'

근데 어디 있을 곳이 마땅치 않다. 광석이라도 불러내면 좋을 텐데 핸드폰도 안 들고 있을 테고. 그냥 들어가기로 마음을 먹는다.

조용히 뒷문을 열었다. 조용히 열었다고 생각했는데 아이들이 죄다 뒤를 돌아본다. 아이들의 눈빛이야 항상 그랬지만 무관심하던 눈빛이 지금은 모두가 째려보는 것 같다. 뭐야, 재수 없게. 정말 정나미 떨어지는 눈빛들을 쏴주시네요. 갑자기 나도 모르게 인상이 구겨진다. 잔뜩 인상을 찌푸린 채 문을 닫고 칠판 앞에 선 선생님을 보는 순간 나도 모르게 멈칫했다.

과학쌤이 왼쪽 팔에 깁스를 하고 있다.

'뭐지, 저건? 혹시, 어제 나 때문에 다친 건가?'

나도 모르게 과학쌤을 쳐다봤다. 눈이 마주치자 쌤은 한 번도 본 적이 없던 냉랭한 눈빛을 던지더니, 마치 더 이상은 서로 볼일이 없는 사이라는 듯 차갑게 외면하고 수업을 계속 한다.

내 자리에 가서 털썩 주저앉았다. 나도 모르게 오른쪽 다리를 또 떨기 시작했다. 한번 떨기 시작하니 계속 속도가 붙었다.

달달달다라달달달달~

계속 다리를 떨고 있으니, 갑자기 옆자리에 앉은 여자애가 책상을 살짝 뗀다. 이건 또 무슨 시추인가 해서 쳐다보니 눈을 피하면서 칠판만 뚫어지게 쳐다본다.

'그래, 내가 싫다 이거지? 나도 너 완전 싫거든. 무슨 감자에 눈만 박아놓은 것처럼 생겨가지고는 어디서 지금 책상을 떼고 난리야? 어이가 없네 진짜'

책상도 떼어두었겠다 편하게 계속 다리를 떤다. 다리를 떨며 손톱도 물어뜯기 시작했다. 뭐 마땅히 할 일도 없고, 손톱이라도 물어뜯어야 마음이 조금은 안정이 되니까. 열 손가락 중에 온전한 손가락이 없긴 하지만, 뜯어도 뜯어도 날마다 뜯을 곳이 생기니까 어떻게 보면 손가락이 나의 제일 친한 친구인지도 모르겠다. 비록 피를 좀 보긴 하지만 어쩌겠나 친구니깐 참아야지.

'그치 손가락?'

아이구, 이제 혼자서 대화도 하고 제대로 미쳐가나 보다. 이러다가 어느 순간에는 진짜로 미치는 건 아닌지 모르겠다. 어쩌면 지금도 나는 조금씩 미쳐가고 있는지 모르겠다. 화가 나면 내가 나를 모르겠고, 내 안에서 누군가가 자꾸만 나에게 욕을 하라고, 더 세게 더 강하게 막 나가라고 말하는 것만 같다. 이게 미쳐가고 있는 게 아니고 뭐겠는가. 근데 차마 이 말은 누구에게도 못 하겠다. 그러다가 진짜로 나를 정신병원에라도 보내 버릴까 봐. 아무리 내가 개념 없이 행동한다 해도 정신병원 같은 데 가는 것은 상상하는 것만으로도 끔찍하다.

생각에 잠겨있는 사이에 끝 종이 울렸다. 광석이한테나 가볼까 하고 자리에서 일어나는데 동훈이가 다가오더니 말한다.

"너, 담임이 교무실로 오래."

"나?"

"응. 오자마자 교무실로 오라고 전해달라고 하셨어."

드디어 올 것이 왔나보다. 아~ 도대체 가서 뭐라고 하냐, 말재주도 없는데. 내 말을 들어주긴 하겠나 완전 미친놈 취급할 것이 뻔한데. 그러게 이놈의 입은 왜 자꾸 사고를 쳐서 나를 이렇게 힘들게 하냐고요~ 완전 딱 돌겠다고요.

나는 애꿎은 입술을 잘근잘근 씹으면서 교무실로 향했다. 복도를 지나가는데 내가 지나가자 아이들은 무슨 구경거리라도 생긴 것처럼 속닥거리면서 쳐다보거나, 물건을 훔쳐놓고 주인 눈치 보는 도둑놈처럼 나를 피한다.

'아우! 저것들을 그냥! 여자만 아니라면 쥐어 패버리면 속이 다 시원하겠구만'

아무튼 여자들은 말이 많아서 딱 질색이다. 저렇게 모여서 소곤거리고 말 옮기고 저러는 거 완전 재수 없다. 지들이 나한테 해준 게 뭐가 있다고 나를 저런 눈빛으로 보고 저러는지, 그냥 커다란 대야에 물이라도 받아와서 확 부어버리면 속이 좀 시원해지려나. 아! 벗어나고 싶다.

교무실 문을 열어젖혔다. 조심히 열려고 했는데 기름칠을 해둔 건지 생각보다 문이 요란스러운 소리를 내며 세게 열려버려서 나도 모르게 당황했다. 얼른 눈으로 담임쌤을 찾았다.

"어! 지민쌤! 상윤이 왔네요."

"상윤이 왔구나? 이리 와서 옆에 좀 앉을래?"

나는 눈치를 살피며 담임쌤 옆자리에 앉았다.

난 밥 먹다가도 화가 난다

"야, 이 녀석 좀 괜찮아지려나 싶었는데 왜 그랬어? 응? 쌤이 듣고 아주 깜짝 놀랐네."

3학년 부장쌤이 지나가시면서 한 말씀 하신다. 그나마 이렇게 말씀 해주시니 긴장되었던 마음이 조금은 놓이는 것 같다.

"담임쌤하고 이야기 잘 해봐. 알았지?"

"네."

"그럼 지민쌤은 상윤이하고 이야기 잘 하시고, 순서대로 진행하시 면 될 거예요."

"네. 알겠습니다. 감사해요."

"아이고, 감사는 무슨요. 쌤이 마음고생 많으셨을 텐데. 저는 수업 갑니다!"

부장쌤이 나가시자 담임쌤이 내 쪽으로 몸을 돌려 쳐다보신다. 담임 쌤과 눈이 마주치는 순간, 갑자기 나도 모르게 허리를 곧추 세우고 자 세를 바르게 했다. 양 손에 땀이 배어 나온다.

'뭐지? 저 눈빛은?'

따뜻하게 바라보는 것 같긴 한데 내 마음을 다 읽고 있는 것 같기도 하고, 나를 혼내려고 하는 것 같기도 하다. 종잡을 수 없다. 그래서 불 안하다. 어떻게 해야 할지 몰라 고개를 숙여버린다. 몇 초간 정적이 흐 르고 담임쌤이 말문을 여셨다.

"상윤아, 우리 상담실로 자리 옮길까?"

"네."

담임쌤과 학년실 바로 옆에 있는 상담실로 갔다. 동그란 테이블에 마주 앉아 있으니 어색하기 짝이 없다. 불안하고 불편한 마음에 나는 손톱을 물어뜯기 시작했다.

"상윤아, 고개 들고 손톱 그만 물어뜯고 선생님 좀 볼래?"

담임쌤은 부드럽고 차분하지만 왠지 모를 비장함이 느껴지는 말투로 말씀하셨다. 나는 고개를 들어 다시 담임쌤 눈을 바라보았다. 담임쌤의 눈길이 내 눈을 뚫을 것처럼 강렬하다. 하지만 입가에 띤 미소가 어색했지만 혼내지는 않을 것 같아서 살짝 안심이 된다.

"어제, 무슨 일이 있었던 거니?"

"저기, 그게 쫌."

"말하기 어려워?"

담임쌤은 두 팔을 테이블 위에 올려 턱을 괴고 몸을 앞으로 기울이더니 나를 더 가까이에서 바라보신다. 나에게 무엇이든지 다 말해보라는, 다 들어줄 테니 어서 말해보라는 몸짓인 것 같다. 하지만 나는 어디서부터 어떻게 시작해야 될지 모르겠다. 뭘 말해야 하는지, 어디까지 말해야 하는지, 나는 이제 어떻게 되는 건지 하나도 모르겠다. 그냥 순간 이동 같은 걸로 다른 나라에 가버리거나, 아니다 그것보다는 그냥 먼지나 이런 걸로 내 몸이 바뀌어서 사라져버렸으면 좋겠다는 생각이 든다.

"힘들구나. 그러면 먼저 이 종이에 차분하게 적어볼래? 왜 그랬는지 무슨 일이 있었던 건지 선생님이 자세히 알아야 너를 도울 수 있지 않겠어?"

난 밥 먹다가도 화가 난다

유치원생을 대하는 유치원 선생님처럼 친절하게 말씀하신다. 갑자기 우리 엄마도 이렇게 친절하게 말하면 얼마나 좋을까 하는 생각이 든다.

"네."

"차분히 써봐. 선생님은 잠깐 일하고 있을게. 알았지? 그리고 다시 이야기 하자."

담임쌤은 내 등을 가볍게 토닥이고 나가신다. 가볍게 토닥여준 그 손길이 참 따뜻하다는 생각이 든다. 뭐랄까, 안심이 된다고 해야 하나 위로가 된다고 해야 하나. 아무튼, 학교 갔다 집에 갔을 때 빈집이 아니라 엄마가 맛있는 걸 준비해놓고 나를 기다려준 것 같은 바로 그런 느낌이다.

받아든 종이를 살핀다. '사실 확인서'란다. 내가 뭘 했는지 왜 그랬는지 확인한다는 말인가? 나는 긴 글을 써 본 적도 없는데 뭐라고 쓴 담? 일단은 쓰라고 하니 써봐야지 뭐.

3월2일 점심시간에 밥을 못 먹어서 완전 배고파서 5교시에 엎드려있었는데 수학쌤이 뭐라고 소리치고 막대기로 탁탁탁 치면서 열라 기분 나쁘게 해서 나도 모르게 욕했음. 과학쌤이 말렸는데 책상을 밀쳐버렸음.

몇 줄 쓰고 나니 마땅히 쓸 게 없었다. 그렇다고 일하시는 선생님한테 가서 다 썼다고 말하기도 왠지 부끄럽다. 그래서 손톱을 물어뜯으며 창밖을 보고 있으니 선생님이 오셨다.

"다 썼어?"

나를 보시고 미소를 지으며 물으신다. 참 잘 웃으신다. 내가 사고를 쳐도 제대로 된 사고를 쳤는데 저렇게 웃으실 수 있다니 참 신기하다. 내가 밉지도 않을까? 귀찮을 텐데 말이다.

"네."

쌤은 조용히 종이를 읽더니, 뭔가 마음에 들지 않는지 '흠~' 하고 작은 소리를 내며 고개를 왼쪽으로 살짝 기울이신다. 그리고 다시 나를 보며 눈을 동그랗게 뜨고 물으신다.

"상윤아, 이것밖에 못 쓰겠어? 선생님은 말야 이렇게 한 네 마음을 좀 더 알았으면 좋겠는데."

'아, 또 뭐래 이 정도 썼으면 선생님이면 그냥 딱 알아먹어야 하는 거 아닌가?'

스멀스멀 짜증이 올라온다.

"저 글 원래 못써요."

나도 모르게 툴툴거리는 목소리가 튀어나온다. 이렇게 말해놓고 나도 모르게 눈치를 살폈지만 담임쌤은 아무렇지 않은 표정으로 말씀하신다.

"그래? 그러면 말로 해볼래? 상윤이가 어떤 마음이었는지."

"뭐가요?"

"음, 엎드려 있는 너를 깨우는 선생님한테 왜 그런 건지 왜 화가 났는지 말이야. 수업시간에 잠을 안 자는 게 맞잖아. 그치?"

계속해서 부드러운 말투로 내가 말하게 하려고 노력하는 담임쌤을

60

보니, 뭐라도 이야기하는 것이 좋겠다는 생각이 든다. 아무리 봐도 나를 혼내려고 하는 것 같지는 않으니까 말이다.

"네. 근데, 배가 고파서 힘이 없었어요."

"그랬구나. 근데 왜 배가 고팠어? 점심 안 먹었어?"

"먹으려고 했는데 학생부장쌤이 기분 나쁘게 해서 안 먹었어요."

"학생부장 선생님이 왜 기분 나쁘게 해?"

'이걸 말해야 하나 말아야 하나'

순간 고민이 됐다. 알고도 저러시는 건지 진짜 모르시는 건지 알 수가 없으니. 에라, 모르겠다. 그냥 다 말하자.

"제가 옆 반 광석이랑 같이 밥 먹고 싶어서 새치기를 좀 했거든요."

"급식 줄에서?"

"네."

"근데, 학생부장쌤이 맨 뒤로 가라고 해서, 그러면 광석이랑 밥 못 먹고 혼자 먹어야 하니까 짜증나서 나와 버렸어요."

"그랬구나. 그때는 선생님께 뭔가 예의 없는 행동은 안 했어?"

"너무 열 받게 하잖아요. 애들 많은 데서 막 계속 뒤로 가라고 하고 크게 소리 지르고, 그래서 숟가락 던져버리고 나왔어요."

"음……. 그랬구나. 숟가락을 던져버리고 나올 때, 네 마음이 어땠어?"

"좋진 않았죠."

"그랬겠네. 좋지 않았으면 어떤 생각이 들었어?"

"재수 없다는 생각이요. 밥 좀 먹으려고 하는데 밥도 못 먹고……."

쌤은 잠깐 생각하는 것 같더니 다시 물으신다.

"그냥, 밥 못 먹어서 재수 없다는 생각만 들었어? 뭔가를 잘못한 것 같진 않았고?"

"아니요. 새치기를 한 건 잘못했는데, 그건 뭐 봐줄 수도 있잖아요. 친구랑 같이 먹고 싶어서 그런 건데 그렇게 크게 말하지 말고 조용히 와서 물어보든지. 그랬으면 저도 화가 안 났죠."

"그랬구나. 그래도 선생님 생각엔, 네가 선생님께 조용히 가서 사정을 말씀드렸더라면 어땠을까 하는 생각이 들어서 조금 안타깝네. 그래서 점심도 안 먹고 교실에서 엎드려 잔 거야?"

"네."

"그래도 시작종이 울리면 자리에서 일어났어야지."

"종이 울린 지도 몰랐어요. 꿈까지 꾸고 있었거든요."

"그래?"

"네. 근데 어느 순간 막 막대기로 책상을 쾅쾅 치는 소리가 나서……."

"그래서?"

"그 소리 듣고 막 화가 나서 저도 모르게 욕해버린 거예요."

"음, 선생님은 여러 번 그냥 깨우셨다는데 못 들었던 거야?"

"네."

"그랬구나. 전에도 이런 일이 있었니?"

"네. 작년에도 화가 나서 교장 교감쌤한테 욕을 좀 했어요."

"화가 나면 갑자기 욕이 먼저 나와?"

"네. 막 참을 수가 없어요. 욕이 괴물처럼 목을 타고 올라와서 지 맘대로 혼자 쏟아 버리는 것 같아요."

"그렇구나. 그래……."

"저, 이제 어떻게 돼요?"

담임쌤은 가만히 생각하는 것 같더니 말씀하셨다.

"지금은 네가 잘못한 거 같니?"

"네."

"뭘 잘못했는지도?"

"수학쌤한테 욕하고 과학쌤 다치게 한 거요. 아 근데, 과학쌤 다치게 할 맘은 정말 없었어요. 그냥 화가 나서 못 참아서 그랬던 건데……."

"상윤이 말 들어보니 상윤이가 잘못한 것도 알고 일부러 그런 것도 아닌 것도 알겠고 다 알겠다. 그런데."

담임쌤이 내 얼굴을 뚫어지게 쳐다보신다. 오늘 내 얼굴이 다 닳아지게 생겼다. 눈길을 피하기도 힘들다. '그런데'라는 말도 진짜 무섭다. 저 말 다음에 어떤 말이 따라올지 모르겠다.

"그런데, 잘못을 했으면 그것에 대한 책임도 져야 하는 거잖아. 그치?"

담임쌤은 내가 대답하길 원한다는 듯이 미소를 지으며 눈을 깜빡이며 신호를 보내신다.

"책임이요?"

"아직 책임을 질 준비는 안 되어 있어?"

"어떤 책임을 지는 건데요?"

"선생님들이 회의를 열게 될 것 같아. 그 회의에서 결정된 대로 상윤이가 따라야겠지?"

"휴~."

"회의 결과가 나오면 선생님이 알려줄게. 그런데 선생님 생각에는 그 전에 상윤이가 수학 선생님과 과학 선생님을 찾아가서 용서를 구하는 것이 어떨까 하는데 네 생각은 어때?"

잘못한 건 맞는데, 어떻게 오글거리게 찾아가서 잘못했다는 둥 어쩐다는 둥 하는 말을 한단 말인가. 남자가 가오가 있지. 그건 좀 그렇다.

"잘 모르겠어요."

"힘들 것 같아?"

"네."

"흠~, 선생님 생각에는 그렇게 하는 것이 상윤이를 위해서도 더 좋을 것 같단다. 많이 어려울까?"

"……."

아무리 그래도 얼굴 팔리게 교무실에 찾아가서 쌤들한테 사과하고 이러는 것은 오글거려서 도저히 못할 것 같다. 쌤들과 따로 어디서 만난다면 몰라도 말이다. 그리고 사실, 이빨마녀한테는 그렇게 사과하고 싶은 마음도 없다. 이빨마녀가 먼저 나한테 사과를 하는 게 순서다. 나는 분명 듣지도 못했는데 혼자서 불러놓고 못 들었다고 뭐라고 하고, 책상을 쾅쾅 내려쳐서 사람 기분 나쁘게 만들고, 그건 분명 이빨마녀가 먼저 시작했던 일이었다. 게다가 엄마, 아빠까지 들먹였으니 이건 완전 패드립 중에도 상 패드립이 아니었던가 말이다.

난 밥 먹다가도 화가 난다

내가 대답하지 않자 쌤은 실망하셨는지 목소리에 힘이 빠져서 말씀하셨다.

"그래. 네 생각이 그렇다면 선생님이 억지로 강요할 수야 있겠니? 하지만 차분히 잘 생각해 봐. 그리고 생각이 바뀌면 언제라도 선생님에게 와. 알겠지?"

나는 괜히 미안한 마음이 들어서 고개를 숙이고 대답했다.

"네."

"그래. 지각하지 말고 수업시간에도 자지 말고. 응?"

"네."

"교실로 가 봐."

착잡해진 마음으로 교실로 향했다. 사과, 잘못, 용서, 책임, 에잇! 뭐가 이렇게 복잡한 거야. 몰라 몰라 아 진짜 몰라. 아무 생각도 하기 싫다. 뒷문을 열고 들어가니 미술쌤이 수업을 하다가 살짝 보다가 다시 수업을 한다. 이건 뭐 유령 취급이다. 본 척 만 척도 안 한다. 아니 하다 못해 왜 이제 들어 오냐고 묻기라도 해야 하는 거 아닌가? 욕 좀 했다고 학생을 이렇게 개무시해도 되나? 또 인간 이상윤이 열 받으려 하네. 그래도 참자. 후~ 후~ 후~ 숨을 크게 내쉬어본다. 더 사고 쳤다가는, 아빠한테 연락 갈지도 모르는데 참자.

자리에 앉아 턱을 괴고 창밖을 바라봤다. 하늘에는 새가 날고, 차들도 어디론가 바삐 가고, 구름도 목표가 있다는 듯이 흘러 흘러가는데, 나 이상윤의 인생은 도대체 어디로 흘러가는 건지 알 수가 없다. 그냥 답답할 뿐이고, 그냥 담배 한 모금이 간절히 생각날 뿐이다.

지겹고도 지겨운 7교시가 어떻게 끝났는지 모르겠다. 알아먹지도 못할 말들을 늘어놓는 선생님들도 참 대단하다. 아니다. 내가 더 대단한 건지도 모른다. 알아먹지도 못하는데 하루 종일 학교에 앉아서 버티다니. 그럼, 내가 더 대단하고말고.

종례를 마치고 교실을 나와 6반 뒷문 쪽에서 광석이를 기다렸다. 광석이는 첫 번째로 나왔다. 역시 빠르다. 저러니 밥도 항상 1등으로 먹지. 짜식~ 친구를 좀 기다려도 주고 그래야지 자기밖에 모른다. 진짜 친구가 맞는지 좀 의심스럽긴 하면서도, 그나마 광석이 아니면 남자애들 중에 맘을 터놓는 애들이 없어서 어쩔 수 없이 친구로 지내야 한다.

"겁나게 빨리 나오네."

"당연하지! PC방 갈래?"

"그래."

"너 돈 있냐?"

"응. 쪼금. 왜?"

"나 내일 아빠한테 용돈 받으니까, 오늘 PC방비 네가 좀 내라."

"알았어."

내가 대답을 신통치 않게 했는지 광석이가 묻는다.

"왜? 싫어?"

"싫기는."

"야, 나나 되니깐 너랑 친구하지. 봐라, 누가 너한테 아는 척이나 하냐? 야, 사고를 치려면 적당히 쳐야지. 하필 이빨마녀를 건드리고 그랬냐? 얼마나 독한데."

난 밥 먹다가도 화가 난다

"왜? 네가 그걸 어떻게 알아?"

"우리 노는 선배들이 다른 쌤들한테는 다 개겨도 이빨마녀한테는 절대 개기지 말라고 했던 게 왜 그랬겠냐? 무서워서가 아니야. 피곤하고 힘들게 하니깐 그랬지."

"그래?"

"선배들이 이야기 해줄 때 도대체 넌 뭐했냐? 잘 좀 듣지. 네가 머리 나쁜 건 알았는데, 남의 말 안 듣는 병도 있는 건 이제야 알았다."

"고만 해라."

"고만 하라니. 더할 건데? 그래서 너 어떻게 되는 거야? 뭐, 대안학교 특별교육, 뭐 이런 데 간대?"

"아오! 재수 없는 소리 좀 하지 마!"

"아니, 이 형님이 다녀왔으니 너도 한 번 갔다 와 봐야 이 형님의 고생을 좀 알 거 아냐?"

"됐어. 갔다 와서 힘들어 죽을 뻔했다고 백만 번도 넘게 이야기 한 게 누군데, 지금 나더러 거기 가게 될 거라고 빌고 있냐. 빌고 있기는?"

"야, 뭐 힘들어도 기억에 남긴 하지. 완전 더운 날 국토 대행진 하면서 발가락 다 까지고 막 쓰러질 것 같고, 이런 특별한 기억을 이 형님만 간직해서 되겠냐? 너도 겪어봐야지. 안 그래?"

"아우 재수 없어."

"암튼, 당분간 조심해라. 쌤들이 다 너 내놨단다."

"뭔 소리야?"

"네가 그렇게 욕하고 그러니까 쌤들이 포기했대."

포기라는 말에 나도 모르게 얼굴이 굳어졌나보다. 배추포기도 아니고 웬 포기? 그리고 그게 학생을 두고 선생님이 할 소리람!

"짜식. 그래도 포기했다고 하니깐 또 그건 싫으냐? 포기하면 어떻게 되는 줄 알아? 너는 배추가 되는 거야, 배추가! 큭큭큭. 웃기지 않냐? 이번 유머 좀 괜찮았지?"

"야, 완전 노잼이거든! 아주 병을 한다 병을 해."

"아유! 형님한테 한다는 소리가! 배추가 얼마나 중요한데 그래? 나는 배추김치 없으면 밥 못 먹거든! 그만큼 너는 나한테 소중한 배추다, 이 말이지!"

"됐거든. 오늘 게임비 내주나 봐라."

"야, 치사하게 농담 좀 한 걸 가지고 삐치냐 사내자식이. 응? 내 줄거지?"

"몰라!"

광석이와 PC방으로 향하면서도 마음 한구석이 커다란 구멍이 난 것처럼 휑하고 시리고 아프다. 그래, 포기해라 그래라. 언제는 포기 안 했나. 언제 뭐 나한테 관심이나 있었나. 관심이라곤 쥐뿔도 없었던 주제에 관심이나 듬뿍 줬던 것처럼 포기한다고 난리야. 포기는 사랑을 듬뿍 주던 사람이나 하는 거 아닌가? 뭘 줬다고? 나한테 해준 게 도대체 뭔데? 생각할수록 열 받네. 아후~ 포기한다고 했던 쌤들 찾아가서 포기가 뭔지 가르쳐 줘? 진짜 짜증나네. 도대체 인생이 왜 이렇게 재미가 없냐. 사는 게 뭐 이래? 재미있는 일이 없어요, 재밌는 일이. 다른 애들도 다 그런가?

68

PC방에 들어오자마자 게임하느라 정신을 못 차리는 광석이에게 물었다.

"야!"

"어, 왜."

"너는 사는 게 재밌냐?"

"재밌잖아. 이렇게 게임도 하고."

"아이 씨~ 게임하는 거 말고. 그냥 사는 거 재밌냐고."

"게임하는데 뭘 그런 뚱딴지같은 소리를 하고 그래? 게임에나 집중할 것이지. 너 같으면 재미있겠냐?"

"왜 재미없어?"

"당연히 재미없지 짜식아. 엄마, 아빠 이혼하고, 엄마랑 잘 살고 있는데 아빠가 데려오더니, 여자 생기니깐 다시 엄마한테 가라고 날마다 소리 지르는데, 너 같으면 재밌겠냐?"

"뭘 그렇게 훅 들어 오냐?"

"네가 지금 먼저 훅 던졌잖아."

"그래서?"

"뭐가 그래서야?"

"엄마한테 다시 갈 거야?"

"가긴 어딜 가? 엄마는 오지 말라는데, 아, 진짜 엿 같네. 인생도 엿 같고 게임도 엿 같고. 빨리 빨리 쫌 해봐."

"어? 어."

그렇구나. 항상 아빠한테 용돈 두둑하게 받는다고 자랑하던 광석이도 인생이 재미가 없구나. 어떤 사고를 쳐도 아빠가 항상 '사나이가 그럴 수도 있지' 하고 편들어준다고 해서 너무 부럽기만 했는데, 광석이 저 자식도 힘들었구나. 이렇게 힘든데 왜 살지? 다들 왜 힘들게 살까? 아 내가 지금 무슨 생각을 하는 거야. 이렇게 심각한 생각을 다하고. 내가 어른이 된 건가? 모르겠다. 일단은 게임에 집중해야지.

선생님들 회의 결과가 어떻게 나올지 궁금하고 내심 불안한 마음도 있어서 그랬는지 아침에 알람이 울기도 전에 벌떡 일어났다. 부지런히 씻고 집을 나서는데 그제야 자다 깬 엄마가 뒤통수에 대고 한마디 했다.

"뭔 일이래?"

'뭔 일은 뭔 일이야 진짜! 엄마라는 사람이 자식이 지금 어떤 상황인지 알지도 못하고 허구헌날 잠만 퍼 주무시고. 진짜 도움이 되는 게 없어요'

아주 큰 소리로 고래고래 소리를 질러주고 싶은 것을 문이 부서지도록 닫는 것으로 대신했다.

아침 등교시간이 다 되어가서인지 아이들이 우르르 학교로 들어간다. 아침부터 어디에서 만나서 저렇게들 끼리끼리 가는 건지 암튼 여자애들 유별스러운 것은 알아줘야 한다.

'유별난 건 좋은데 나 보고 속닥거리고 이상하게 흘겨보지만 말아라'

나를 보고 뭐라 뭐라 이야기하며 무리를 지어 가는 여자애들을 보면서 이렇게 생각하고 있는데 뒤에서 누군가 가방을 잡아당긴다.

"야!"

고개를 돌려보니 7반 현일이다. 광석이와 함께 어울리는 무리 중 한 명이다.

"어!"

"웬일로 일찍 온대?"

"응."

"너 사고 제대로 쳤더라?"

"또 그 얘기냐?"

"와우! 역시, 이상윤이야. 대박 최고!"

현일이는 양쪽 엄지손가락을 들어 보이면서 윙크까지 날리고 간다.

'뭐래는 거야'

진짜 잘했다는 건지, 비꼬는 건지 도무지 이해할 수가 없다. 광석이 말대로 내가 진짜로 머리가 나빠서 분위기 파악을 못 하는 건지 상황 파악이 안 되는 건지는 잘 모르겠지만, 이놈들이 신나고 재미있게 놀 일에는 나를 쏙 뺀다. 뒤에 왜 나는 안 불렀냐고 물어보면 내가 또 화나서 욕하고 미친 짓 할까봐 나 걱정해서 안 부른 거라고 하는데, 그럴 때마다 은근 기분이 나쁘다.

함께 어울리는 무리가 나까지 여덟 명인데 항상 일곱 명, 자기들끼리 노는 경우가 많다. 그렇다고 내가 자기들과 어울리지 못해 안달 난 것도 아니니까 뭐라 딱히 할 말은 없는데 말이 그렇다는 거다. 하기야, 나를 빼놓고 신나게 놀다가 사고 친 게 딱 걸려서 작년에 대안학교 특별교육까지 단체로 다 갔다 왔으니, 그땐 나를 안 부른 게 진심 고맙기는 했다.

하지만 순간순간 나에게 진정한 친구가 있는가, 나를 이해해 주는 친구가 있나 하는 생각이 들면 마음이 좀 괴롭다. 엄마도, 아빠도, 선생님도, 친구들도, 어느 한 명 진정한 내 편이 없다는 생각이 들 때가 많다. 그럴 때면 나는 먼지가 되고 싶다. 아니면 그런 먼지를 비춰주는 햇빛이라든지.

교실에 들어가니 희라가 다가와서 등짝을 치며 말했다.

"와우! 예뻐 예뻐! 이렇게 일찍 올 줄도 아네?"

"아파! 너 손 엄청 맵거든!"

"예뻐서 때린 거야. 이렇게 좀 일찍 다니면 좀 좋냐? 우리 예쁜 담임도 맘 편하시고, 담임 맘이 편하면 우리 반 맘도 편하고, 너도 편하고, 나도 편하고, 우리도 편하고, 쌤들도 편하고, 얼마나 좋아!"

"아침부터 또 웬 잔소리?"

"잔소리라고 생각하지 말고 진짜 일찍 좀 다녀라!"

어디에서 튀어나왔는지, 지현이가 말을 보탠다.

"네가 일찍 와서 자리에 얌전히 있어야지 우리 누님들 맘도 편하니 얼마나 좋아? 단, 사고는 치기 있기 없기?"

"없기!"

희라가 웃으며 대신 대답한다. 희라의 말에, 아이들이 여기저기에서 키득거린다. 자습시간을 알리는 종소리가 미처 끝나기도 전에 담임쌤이 들어오신다.

"얘들아, 안녕!"

"안녕하세요!"

난 밥 먹다가도 화가 난다

"조용히 책들 펴서 책 읽자. 숙제 할 사람은 숙제 하고!"

"네!"

앞자리에 앉은 지숙이와 일선이가 소곤거린다.

"야, 오늘 쌤 좀 피곤해 보이지 않아?"

"그래? 피곤해 보인다기 보다는, 뭔가 고민이 있어 보이는데?"

"그런가? 암튼, 우리 쌤이 고생이 많다. 그치?"

"그러게. 그래도 진짜 좋은 분 같아."

"인정!"

'왜 고민이 있어 보인다고 하는 거지? 내가 보기에는 다른 날과 별 차이가 없는 것 같은데. 뭔가 생각에 잠겨있는 것 같긴 한데, 설마 나 때문일까? 그렇다면 큰일인데. 내 일이 심각해지는 건 아닐까?'

이런 저런 생각 좀 하다 보니 아침 자습시간 10분은 금방 지나갔다. 갑갑해서 화장실이나 다녀올까 하고 일어서려는데 담임쌤이 부른다.

"상윤아!"

"네?"

"교무실로 좀 올래?"

"네."

아이들이 일제히 나를 쳐다본다.

'아이 씨~ 진짜, 쳐다보지 좀 말라고 쫌!!! 그런 눈빛들 진짜 기분 나쁘니깐 보지 말라고!'

나와 눈이 마주친 철민이에게 한마디 쏘아붙였다.

"뭘 보냐?"

"어? 아니 아니야."

'저렇게 제대로 말도 못할 거면서 사람 기분 나쁘게 쳐다보고 있어. 확! 그냥!'

"조심해라."

내 말에 철민이 주변에서 놀던 여자애들이 갑자기 나를 째려본다. 저건 또 뭐지. 철민이가 인기가 많은 건지 애들이 내가 하는 말은 무조건 다 싫은 건지 모르겠다. 일단은 교무실에 가봐야 하니 패스.

교무실에 갔더니 담임쌤이 의자에 앉아 문 쪽을 바라보고 계셨다. 아마 내가 바로 따라오길 기다리셨나 보다. 손으로 옆에 놓인 의자를 툭툭 치시기에 그 의자에 앉았다. 나도 모르게 긴장해서인지 오른쪽 다리를 달달달 떨기 시작하니, 선생님이 손으로 지그시 다리를 누르신다.

"불안하니?"

"네? 아니요. 그냥 습관이 돼서요."

"차분하게 잘 들어. 어제 교권보호위원회가 열렸어. 네 일로."

"교권보호위원회요? 그게 뭐예요?"

"네가 선생님들께 욕하고, 밀치고 이런 일들에 대해서 회의하는 곳이야."

"아~ 네."

"거기에서, 상윤이가 잘못한 점을 뉘우치고 반성할 기회도 줘야 할 것 같다는 결론이 나와서, 다시 생활교육위원회가 열리기로 결정이 되었어."

난 밥 먹다가도 화가 난다

"그럼, 엄마가 학교 오셔야 해요?"

"응. 엄마, 아빠 두 분 다 오셔야 해."

"뭐라고요?"

"이번 일은, 부모님 모두가 꼭 아셔야 할 것 같다고 수학 선생님께서 건의하셔서 부모님 모두 모시고 회의를 열기로 했단다."

갑자기 머리가 하얘졌다. 엄마를 부르는 거야 괜찮지만, 아빠까지 부르다니 이건 또 무슨 경우란 말인가. 부모님 중 한 명만 부르면 됐지 왜 둘 다 불러야 하는 건데, 왜!!!

"말도 안 돼요!"

나도 모르게 인상을 쓰며 크게 소리를 질렀다. 그럴 순 없다. 절대로 그건 안 된다. 교무실에 계시던 선생님들이 일제히 나를 쳐다보셨다.

"아 진짜, 말도 안 돼요. 엄마만 부르면 됐지, 무슨 아빠까지 오라고 하고 난리에요. 우리 아빠가 그렇게 한가한 사람도 아닌데 이게 말이 돼요?"

목소리가 부들부들 떨렸다. 다리를 떨었다. 손톱을 물어뜯기 시작했다.

"이건 아니죠. 진짜, 엄마만 오라고 해요!"

담임쌤은 이렇게 말하는 나를 옆에서 계속 쳐다보고만 계셨다.

아빠를 생각하기만 해도 그 몽둥이가 떠올랐다. 그런데 학교까지 오시게 되면 나는, 나는, 어떻게 될지 생각만 해도 끔찍하다. 내 목소리가 커져서 그랬는지 학년부장쌤이 내 뒤로 오셔서 말씀하셨다.

"상윤아, 이 경우에는 두 분 다 오실 수밖에 없어. 그래야 너를 바르게 잘 지도하실 수 있고 또 잘 이해할 수 있게 되니깐."

"말도 안 돼요! 말도 안 된다고요!"

발을 쾅쾅 구르며 머리를 좌우로 흔들어대면서 내가 소리를 지르자, 담임쌤이 놀라셨는지 당황하는 목소리로 물으셨다.

"왜 그래? 아빠를 부르면 안 되는 이유라도 있어?"

"아이! 진짜 미쳐버리겠네! 안 되니깐 그렇죠."

"그러니까 왜 아빠를 부르면 안 되는데? 응? 마음 가라앉히고."

"지금 마음이 가라앉게 생겼어요? 가라앉게 생겼냐고요!"

목소리가 점점 커졌다. 이미 내 머릿속에서는 맞고 있는 내 모습이 그려지고 있었다.

"상윤아, 이상윤! 그게 이렇게 흥분해서 소리 지를 일이야? 차분하게 말을 해봐. 자, 숨을 크게 들이쉬고 차분하게."

부장쌤이 뒤에서 나를 끌어안으셨다. 내가 말을 하면서 나도 모르게 움직임이 커졌었나 보다.

"상윤아. 말해보자. 왜 아빠를 부르면 안 되는지. 선생님도 네가 말을 해야지 알 것 아니야, 응?"

담임쌤은 곧 울 것 같은 얼굴이다. 나는 이런 표정을 너무 오랜만에 본다. 엄마의 표정 이후 처음이다.

그러나 나는 말할 수 없다. 어떻게 말을 하나. 아빠한테 맞는다고. 그러면 아빠 얼굴이 뭐가 되나. 어차피 내 얼굴에 침 뱉는 거지. 이 사람들이 해결해 줄 수 있는 것도 아니고 말이다. 초등학교 때, 아빠가 때린다고 담임한테 말했다가 담임이 아빠를 신고하는 바람에 완전 복잡한 일이 생겼었다. 아동보호법인가 뭔가 때문에 아빠랑 따로 살게 될 뻔했다. 근데 또 말하라고? 말도 안 된다. 아빠가 날 때리는 거야 내가 잘하라고 그러는 건데, 아빠를 또 경찰서에 가게 만들 순 없다. 그냥 내가 맞고 끝내면 될 일을.

"상윤아?"

"됐어요. 됐다고요! 알았다고요!"

"뭘 알아?"

담임쌤이 내 말에 당황하신 눈으로 다시 물으신다.

"엄마, 아빠 오시라고 한다고요."

"방금까지는 안 된다면서, 아빠는 안 된다면서. 근데 정말 괜찮겠어?"

"몰라요"

"모르면 안 되지. 얘길 해봐. 응? 무슨 일이 있는 거지?"

"말하면 어쩌실 건데요? 쌤이 해결해 줄 수도 없잖아요. 저는 아빠가 오는 거 싫은데 학교에선 오셔야 한다면서요."

"응. 그렇… 지."

"그러니깐, 알았다고요. 부르든지 말든지 알아서 하시라고요."

"상윤아, 화나고 속상해도 우선 마음 좀 가라앉혀봐. 그리고 우리 차분하게 이야기해 보자. 응?"

간절한 눈빛으로 나를 바라보는 담임쌤을 보니 뭐라고 말은 해야 할 것 같은데 마음이 복잡하다.

"엄마, 아빠 오시라고 하시라고요."

"그래 상윤아, 이렇게 말로 하니 얼마나 좋아? 부모님께는 담임 선생님이 전화하셔서 잘 말씀해주실 거야. 그러니까 걱정 말고. 응?"

부장쌤이 낯간지럽게 부드러운 소리로 말씀하신다.

'걱정 말긴 개뿔, 아무것도 모르는 주제에 걱정하지 말라는 게 지금 말이나 되는 소리야?'

"······."

"회의는 내일 오후 4시야. 너도 같이 회의에 참석해야 하니 기억하고 있어. 알겠지?"

"네."

"지금 교실로 들어갈 수 있겠니? 좀 진정 됐어?"

"잠깐만 앉아있다 갈게요."

"그러렴."

지금 이대로 교실에 들어갔다가는 누구에게 어떤 식으로 화풀이를 하게 될지 나 자신이 두려워졌다. 괜히 애먼 애들 잡는 것보다는 좀 있다 들어가는 것이 나을 것 같았다. 담임쌤 옆자리에 앉아 손톱을 열심히 물어뜯고 있는데 갑자기 담임쌤이 손을 잡으셨다.

"어머나, 너 손이 왜 이래?"

부끄러워서 손을 얼른 집어넣으려고 하는데, 선생님은 잡은 손을 놓지 않으신다.

"세상에, 열 손가락을 다 물어뜯어 놨네. 야, 손가락이 주인 잘못 만나서 이게 무슨 고생이야. 피까지 나고. 아휴, 아프겠다. 안 아파?"

내 손가락을 들여다보며 자기 손가락이 아픈 것처럼 걱정하는 모습을 보니 갑자기 마음이 시큰해져 왔다.

"안 아파요."

"말도 안 돼. 이렇게 손톱 주변이 다 뜯겨있고 피가 나고 엉망인데 안 아파?"

"네. 습관이 돼서요."

"언제부터 이렇게 뜯어먹었어?"

"뜯어먹긴요."

"딱 보니 뜯어먹었네. 맛있던?"

나도 모르게 피식~ 웃음이 나왔다.

"야, 웃으니깐 이렇게 잘생기고 멋있구만. 왜 항상 화난 사람처럼 인상 쓰고 있고 그래? 좀 웃어. 멋있어."

갑작스럽게 들어오는 칭찬에 멋쩍어서 나도 모르게 손을 또 입으로 가져가니, 쌤이 다시 손을 잡으셨다.

"너! 이 손 물어뜯지 마. 알겠어? 또 물어뜯는 거 보이면 쌤이 네 열 손가락에다 식초를 발라둘 테니깐."

"씻으면 되죠."

"계속 바르면 되지."

"계속 씻죠 뭐."

"그래라. 계속 바르고 손을 아주 그냥 확 묶어 놔버리면 되지."

"헉!"

"아침은 먹었니?"

"아니요."

"배 안 고파? 초코파이 줄까?"

"네."

담임쌤은 책상 맨 서랍에서 초코파이와 자유시간 하나를 꺼내서 건네주신다. 염치가 좀 없긴 하지만 배가 고프니 일단 먹어야겠다는 생각에 초코파이를 먼저 먹었다.

"잠깐만 기다려 봐."

쌤이 정수기 쪽으로 가서 컵에 뭔가를 넣고 숟가락으로 휙휙 저으시더니 내 앞에 내미셨다.

"?"

"자, 아이스티야. 목이 메니깐 같이 먹어."

"감사합니다."

"어쭈? 감사하다는 말도 할 줄 아네?"

"캑.캑.캑."

"아이구, 그래. 아무 말도 안 할 테니깐 편하게 먹어."

담임쌤은 캑캑거리는 내 등을 서너 번 쿵쿵쿵 때려주시더니 컴퓨터를 들여다보며 일을 시작하신다. 초코파이를 먹으면서 담임쌤이 일하고 있는 모습을 가만히 지켜보았다. 뭔가 복잡한 일을 하시나보다. 타자가 손이 안 보이게 빠르다. 컴퓨터를 뚫어지게 쳐다보며 집중하는 모습이 참 예쁘시다.

'엥? 내가 무슨 생각을 하는 거지?'

"다 먹었어?"

"네."

80

"조금 괜찮아졌어?"

"네."

"그래. 그럼 교실에 가서 오늘 하루도 차분하게 수업 잘 받자. 아무리 앉아있기 힘들어도 잠은 자지 말고. 알았지?"

"네."

"들어가 봐."

6.

아빠는 항상 말했다 "맞으면서 크는 거야"

학교를 안 다닐 수는 없고, 사고는 쳐 놨고, 수습은 해야 하는데 아빠가 이제 다 알게 되었고, 정말 죽을 맛이다. 또 뭐라고 변명을 해야할지 모르겠다. 가슴이 답답한 것이 담배 스무 개비 정도를 한꺼번에 빨아서 연기를 몽땅 들이마신 느낌이다. 그래도 작년 2학기에 사고치고 맞은 후로 한동안 안 맞아서 좋았는데, 집에 들어가지 말까 하는 생각이 든다.

'그냥 엄마한테 전화해서 아빠 좀 커버 쳐달라고 하고, 광석이네 집에서 자고 내일 학교에 나올까?'

'아니야. 그랬다간 사내자식이 피한다고 더 맞을 수도 있어'

아빠가 때릴 때면 죽이고 싶을 때도 있지만, 평소에 아픈 몸을 이끌고 일하러 가고 늦게 들어오는 모습을 보면 마음이 이상하게 뭉클해지고 짠해질 때가 많다. 왜 그런지는 모르겠다. 그냥, 심장에서 더 깊은 어딘가를 손으로 꽉 쥐었다 폈다 하는 것처럼 아프다.

"나 왔어요."

집에 들어가니 엄마가 또 TV 앞에 멍하게 앉아 있다가 나를 뚫어지게 쳐다본다.

"왜?"

"학교에서 내일 오라더라."

"알아요."

"아빠도 오라고 하던데?"

"안다고!"

"휴~ 너네 아빠한테는 내가 도저히 말 못할 것 같아서, 선생님한테 대신 전화해달라고 했다."

"알았어요!"

"밥 먹고, 조용히 방에 들어가 있어."

"네."

저녁을 어떻게 먹었는지 모르겠다. 언제나 엄마가 해주는 밥은 맛있는데 꼭 모래알을 씹는 것처럼 밥이 입 안에서 거칠게 겉돌고 잘 삼켜지지가 않았다. 그렇게 좋아하는 소시지 부침도 목에 걸려서 미역국에 말아 물을 마시듯이 밥을 먹고 방으로 들어왔다.

'에라~ 모르겠다. 어떻게든 지나가겠지. 에잇! 몰라!'

음악을 틀어놓고 페북을 쭉 훑어봤다. 언제나 상큼하고 발랄한 희라는 사진에서도 에너지가 넘친다. 지현이는 온갖 예쁜 척은 다 해놓은 사진을 올려둔다. 자기 얼굴도 아니고 스노우 앱에서 찍은 사진으로 장식을 하고 있다. 이게 어떻게 자기 얼굴이냐? 다른 사람이지. 이런 걸 좋다고 올려놓고, 거기에다 예쁘다고 서로 칭찬을 해대고, 암튼 생쑈를 한다.

'뭐야, 이건?'

광석이가 친구들 여섯 명과 같이 고기를 구워먹는 사진을 올려놓았다.

'이것들 봐라. 또 나만 빼고! 아잇! 열 받아! 언제 이런 거야?'

언제 올린 사진인지 날짜를 보고 있는데 갑자기 현관문이 열리는 소리가 났다.

'나가봐야 할까? 그냥 자는 척 해버릴까?'

망설이다가 방문을 살그머니 조심스럽게 인사를 했다.

"아빠 오셨……."

말이 떨어지기가 무섭게 아빠가 신발을 던졌다.

"야! 이 새끼야! 사고 치지 말라고 했지!"

"죄송해요."

"너, 이리 나와. 빨리 안 나와?!!!"

아빠는 거실로 들어서면서 이미 술로 불콰해진 얼굴을 잔뜩 찌푸리면서 나에게 한 걸음 한 걸음 다가왔다. 마치, 늑대가 사냥감을 눈앞에 두고 천천히 살피듯이. 시선을 떼지 않고 온 몸에 구멍이 뚫릴 듯이 강렬한 눈빛으로 쳐다보며. 무섭다. 아! 제발! 이 순간 피할 수 있다면 얼마나 좋을까?

난 밥 먹다가도 화가 난다

"찰싹!"

왼쪽 뺨에 먼저 손이 날아온다. 이를 앙다물었지만 나도 모르게 소리가 나온다.

"훅!"

다음은 오른쪽 뺨이겠지.

"찰싹!"

"후!"

다시 오른쪽 뺨이다.

"찰싹!"

어찌나 세게 때리는지 나도 모르게 바닥으로 주저앉고 말았다.

"쿵!"

볼에서 불이 나는 것만 같다. 팔팔 끓는 국 냄비를 얼굴에 갖다 놓은 것만 같다. 볼도 불이 나고 마음속에서도 불이 난다.

"잘못했어요."

"잘못을 아는 새끼가 학교를 그렇게 다녀? 아빠가 일도 못하고 학교를 가야 해? 가서 또 뭐라고 해야 하는데? 너 같은 자식 낳아서 자랑스럽다고 말해야 하냐? 응? 내가 너였으면 너네 할아버지한테 진즉에 맞아 죽었어 이 새끼야! 학교에서 또 전화가 오게 만들어? 어!!!"

아빠는 말을 하면서 다용도실 쪽으로 성큼성큼 걸어간다. 매를 찾으러 가는 거다. 제발, 매 만큼은. 아들이 뺨을 맞고 있는데도 가만히 앉아서 지켜보던 엄마가 매를 찾으러 가는 아빠를 향해 말을 던진다.

"그만 좀 해요."

매를 찾아 손에 집어든 아빠의 눈빛이 번뜩인다.

탁. 탁. 탁.

식탁에 매를 때리며 몸을 푸는가 싶었는데 순식간에 아빠가 뛰어오는가 싶더니 매로 엄마의 등을 내려친다.

"악!!!"

"그만해요! 나를 때려요! 왜 엄마를 때려!"

"이놈의 자식이 지금 뭐라고 하는 거야! 뭘 잘했다고 아빠한테 함부로 말을 해?"

"탁!"

"악!"

"탁!"

등살이 떨어져나가는 것만 같았다. 눈에 번갯불이 반짝인다.

"왜 애를 때려! 나를 때려! 애 때리지 말라고 이 인간아!"

엄마의 외침에 아빠의 매질은 엄마를 향했다.

"집에서 아무 것도 안 하고, 애도 하나밖에 없는 것을 제대로 못 키운 것이 지금 어디서 하라 마라 명령 질이야 명령 질이!"

아빠는 인정사정없이 엄마를 때리기 시작했다. 맙소사! 나는 달려가서 엄마를 마주보고 끌어안았다. 아빠의 매가 내 머리 위로, 어깨로, 등으로 무차별하게 날아 들어왔다.

"나를 죽여! 죽여! 왜 낳았어! 죽여!!! 죽이라고!!!"

"죽이긴 왜 죽여! 인간답게 살아야 할 거 아니야! 누가 사고나 치고 다니래!"

난 밥 먹다가도 화가 난다

"말로 하면 되지 왜 때리는데? 왜요!!!!"

"말로 해서 안 들으니까 그렇지, 말로 안 통하면 매밖에 더 있어? 근데 이놈의 새끼가 어디서 말대꾸야! 아직도 정신을 못 차려?"

아빠는 현관 앞으로 가서 신발을 다시 신더니 신발을 신은 발로 등과 엉덩이를 차기 시작했다.

"제발 그만 좀 해요, 흑흑흑 제발, 내가 다 잘못했으니까 제발 그만 좀 해요!"

엄마가 울면서 사정하기 시작했다.

"엄마는 나가요. 빨리 나가!"

아무리 소리 질러도 엄마는 꿈쩍도 하지 않는다.

"나가라고!"

"이것 봐라! 지금 뭣들 하는 거야? 가장인 나만 빼고 둘이 지금 꿍짝거리는 거야? 그러니까 집안 꼴이 이렇게 돌아가는 거 아니야!"

"당신은 뭘 잘했는데! 맨날 이렇게 때리기나 하고 뭘 잘했어!"

"아니, 저 여편네가 돌았나! 때려야 사람이 되지! 우리 아부지한테 내가 맞은 거에 비하면 너희들은 지금 아무것도 아니야! 제대로 안 맞으니깐 정신을 못 차리는 거 아냐!"

아빠는 엄마한테서 나를 떼어내더니 엄마를 때리기 시작한다.

"악!"

"악!"

"그래, 죽여랏!"

"뭐라고?"

"죽여! 인간아! 자기가 맞고 살았으면 아들은 안 때려야지! 아들은 또 왜 때려!!!"

"사람 되라고 때리는 거지, 내가 미워서 때려?"

"우리가 개야? 돼지야? 왜 짐승처럼 때리는데? 왜?"

"아니 보자보자 하니까 아주 남편을 우습게 아네."

아빠는 팔에 핏줄이 올라오도록 매를 꽉 움켜쥐고 엄마의 등을 내려 치기 시작했다.

"퍽"

"악! 죽여, 그냥 죽여~ 엇! 못살아!"

"퍽"

"아빠! 그만 좀 해요!"

"죽여!"

"악!"

"아빠!"

"제발!"

"퍽!"

"아악!!!"

"제발 그만 좀 하라고요!"

나는 울면서 아빠의 발에 매달렸다.

"계속 때려! 나도 죽고, 너도 죽자! 그래야 이 지긋지긋한 싸움이 끝 날 거 아니야!"

제발 조용히 있을 일이지 엄마가 계속 아빠를 자극한다. 잠시 멈칫

했던 아빠가 주방 쪽으로 간다. 왜 그러는지 불길한 마음으로 지켜보는데 칼을 꺼내 들고 온다.

'맙소사! 이건… 진짜 이건… 아니다. 미치겠다. 흑흑… 진짜 최악이다'

"엄마! 나가요! 빨리! 나가!"

나는 겁이 덜컥 났다. 저 커다란 칼에 찔리면 어떤 기분일까. 내 몸에 저것이 꽂힌다면 많이 아플까? 그러고 나면 그냥 끝나게 될까? 저 사람이 지금 아빠라는 사람이 맞나? 저런 사람이 가족인가?

"인간아! 드디어 네가 미쳤구나! 나를 죽여라! 죽여! 상윤아, 너는 경찰에 빨리 신고해! 빨리!"

나는 핸드폰을 가지러 방으로 가고 싶었지만, 그 사이에 아빠가 엄마에게 어떻게 할까봐 불안해서 한 발짝도 움직일 수가 없었다. 머릿속에서는 많이 생각이 오락가락했다. 아빠와 키도 비슷한데 조심히 다가가서 칼을 빼앗아야 하나, 영화에서 형사들이 칼을 든 범인들을 어떻게 처리했었더라? 생각이 안 난다. 이럴 줄 알았으면 좀 더 잘 봐둘 걸. 근데 내 힘이 아빠보다 셀까? 내가 과연 칼을 뺏을 수 있을까? 어쩌면 좋나, 이걸 어째. 이럴 땐 어떻게 해야 할지 누가 좀 알려줬으면 좋겠다. 아, 돌아버리겠다.

"뭐? 신고? 이런 거지같은 집구석에 나라고 들어오고 싶은 줄 알아? 오늘 다 죽어! 다 죽자고! 나도 부모 사랑 못 받고 가난하고 힘들게 살아서 좀 따뜻하고 좋은 가정에서 살고 싶었는데 이게 뭐야, 이놈의 집구석이 이게 뭐냐고! 사고치는 아들내미에, 빌빌대는 마누라에,

집안 꼴이 이게 뭐냐고!"

아빠가 칼을 들고 칼보다 더 시퍼런 눈빛으로 다가왔다. 아빠의 눈빛은 먹이를 찾아 조심스레 접근하는 상어의 그것 같았다.

'아! 이렇게 죽는 건가'

그 순간 밖에서 벨을 누르는 소리가 들렸다.

"띵~~동~~."

"띵~~동~~."

"쾅쾅쾅쾅~~."

"띵~~동~~."

"계세요! 쾅쾅쾅쾅~~!"

순간, 셋 다 그대로 멈추었다. 아빠는 칼을 싱크대에 갖다 넣었다. 엄마는 긴장이 풀렸는지 한숨을 크게 내쉬었고, 나도 다리가 후들거리고 있었다는 것을 이제야 깨달았다.

'휴~ 다행이다. 아! 감사합니다'

나도 모르게 마음속에서 기도가 나왔다.

"누구세요?"

아빠가 짜증이 섞인 말투로 물었다.

"아니요, 지금 거기 무슨 일이 있는 것 같아서요. 괜찮으세요? 신고라도 해 드릴까요?"

젊은 남자의 목소리였다.

"별 일 아닙니다."

아빠는 아무렇지 않은 척 담담한 말투로 대답했다.

"진짜 괜찮으세요?"

"괜찮다고요. 괜찮습니다."

밖에서 문을 두드렸던 사람이 돌아가고 조용해지자 아빠는 다시 손에 잡히는 물건들을 집어던지기 시작했다. 테이블 위에 놓여있던 컵이며 재떨이, 리모컨, 화분, 액자까지. 온 집안이 물건 깨지는 소리와 엄마의 흐느낌 소리로 꽉 찬다. 이쯤 되면 이제 막바지에 다다른 것이다.

거실이 발 디딜 틈 없이 난장판이 되면, 그제야 아빠의 눈빛은 원래 아빠의 눈빛으로 돌아온다.

"후~ 하루 종일 아픈 몸 끌어안고 겨우 일하고 있는데 자식 놈이 사고 쳤으니 학교에 나오라는 전화나 받고, 내가 진짜 살 낙이 없다, 살 낙이 없어!"

아빠는 소파에 털썩 기대어 앉아 담배를 피운다. 엄마는 헝클어진 머리를 매만지지도 않고 주방으로 가서 물을 한 컵 따라 마시고선 식탁 의자에 앉는다.

"상윤아!"

아빠가 조용히 부른다. 언제 때렸냐는 듯이 언제 화를 냈냐는 듯이 태평하고 차분한 모습이다. 사실은 이것이 아빠의 진짜 모습이다. 아빠의 이런 모습이 진짜 모습이란 걸 알지만, 바로 조금 전까지 그렇게 난폭한 행동을 했었던 아빠의 모습을 생각하니 지금 심정으로는 아빠 목소리도 듣기 싫고 대답도 하고 싶지 않다. 보고 싶지도 않다. 차라리 아빠가 죽어버렸으면 좋겠다는 생각도 든다. 그래도, 막상 아빠가 죽고 없다고 생각하면 슬플 것 같아서 안 되겠다. 이 말은 취소다.

"네."

"아빠가 왜 이렇게 화난 건지 알아, 몰라?"

아빠는 담배 연기를 내뱉으며 나를 쳐다보며 묻는다.

"알아요."

또 시작되나보다. 아빠의 레퍼토리. 술 취하거나 때리고 나면 반복되는 지겨운 이야기 말이다.

"뭣 때문에 화가 났는데?"

자동으로 대답이 나간다.

"제가 잘못해서요."

"그래. 사고 치지 말고, 공부도 열심히 하고 학교도 잘 다니고 그러면 이런 일이 있겠냐? 응? 너네 엄마 맨날 집에서 저러고 있지, 너도 사고 친다고 하지. 아빠가 살아갈 희망이라는 것이 있겠냐 없겠냐?"

"없어요."

"아빠가 말했지? 아빠는 네 할아버지가 불렀을 때 대답만 바로 안해도 맞았다고. 거기에 비하면 너는 지금 아빠가 엄청 참아주는 거야. 아빠는 날마다 맞았어. 대답 늦게 한다고 맞고, 밥을 복스럽지 않게 먹는다고 맞고, 공부 못한다고 맞고, 형이랑 싸웠다고 맞고……

빨리 취직해서 돈 벌어 오라고 하도 잔소리해서 아빠가 집을 나와버리긴 했지만, 원래 남자는 다 맞으면서 크고 그러는 거야. 맞으면서 철도 들고, 정신도 차리고."

아빠의 말을 들을 때마다 느꼈던 거지만 뭐가 말이 좀 안 맞는 것 같다. 아빠가 그렇게 맞고 살았으면 맞는 게 힘든 줄 알 텐데 왜 나를 또 때리는지 도무지 알 수가 없다. 집까지 나올 정도로 힘들었다면서 왜 맞고 크는 거라고 말하는지 모르겠다. 하지만 늘 이런 이야기를 할 때 나를 보는 아빠의 표정이나 말투 같은 것을 보면 진짜로 미워하는 건 아닌 것 같다. 그래서 나도 헷갈린다. 맞으면 정신이 차려지고 철이 드는 건가 보다 싶기도 하고 말이다.

"똑바로 해라. 다 너 잘 되라고 그러는 거야 임마."

아빠는 담배꽁초를 재떨이에 비벼 끄면서 말씀하신다.

"네."

아빠는 소파에서 일어나서 주방에 있는 엄마를 힐끗 쳐다보더니 안방으로 들어가 버린다. 이제 치울 일만 남았다. 한바탕 전쟁이 끝났으니 전쟁 후엔 수습하는 게 순서다. 다른 건 몰라도 이놈의 화분은 제발 좀 안 키웠으면 좋겠다. 한 번씩 아빠가 이렇게 던져서 깨지면 흙이며 돌 같은 것 치우는 게 얼마나 힘든데, 엄마는 화분이 깨질 때마다 새로 사 오는 것을 반복한다. 도무지 알 수가 없다.

아빠가 술만 안 마시면 좋겠는데 술만 드시면 꼭 이런다. 사실 내가 사고만 안 쳐도 이런 일은 없을 텐데, 술과 사고가 만나면 이렇게 큰 태풍을 만들어 낸다. 아마 학교에서 전화 받고 기분이 안 좋아서 술을 드셨을 테지만. 어쨌거나 이 술이라는 것도 세상에서 사라져버리면 좋겠다. 누가 만들어 낸 건지, 사람을 이상하게 만드는 것을 왜 파는지 모르겠다. 어쩌면 술 속에 이상한 것이 섞여 있는지도 모른다. 엄마도 술만 먹으면 이상한 소리 하고 울고, 아빠도 그렇고. 그래서 나는 다른 건 몰라도 술은 절대 안 마시기로 마음먹었다. 어른이 되어서도 절대로 안 마실 거다. 술만 마시면 변하는 그 빨간 눈빛, 동물 같은 눈빛이 너무 싫다.

아빠가 처음부터 나를 이렇게 때렸던 건 아니다. 초등학교 저학년 때는 그렇게 맞은 기억이 없다. 언제부터였을까? 언제부터 우리 집이 이렇게 항상 우울하고 힘들어졌을까? 생각해보면 어렸을 때부터 나는 항상 혼자 놀았다. 형제도 없고, 엄마, 아빠가 잘 놀아주는 것도 아니어서 혼자 TV만 봤던 것 같다. 그러다 학교에 가니 처음에는 재밌었는데, 어느 순간부터는 선생님이 하는 말이 이해도 안 되고, 친구들은 자기들끼리 놀고 나는 끼워주지도 않았다. 그러면서 내 가슴은 조금씩 답답함과 화가 쌓이기 시작했고, 그렇게 화가 쌓여있는데 누군가 기분 나쁜 말이라도 하면 나도 모르게 가슴이 벌렁거리면서 '욱~' 하는 것이 폭발했다. 그나마 욕을 하고 나면 마음에 쌓여있는 화가 조금씩은 빠져나가는 것 같았다. 그래서 마음속에는 항상 욕이 가득했다. 그것을 어떻게 빼내야 하는지, 빼내야만 하는 것인지도 생각하지 못했다. 언제인가부터는 밥을 먹다가도 화가 났고, 아침에 일어나서도 화가 났다. 그리고 그 화는 내 일상이 되었다.

다들 재미있고 신나게 학교에 다니는 것 같은데 나는 신나게 어울리는 친구도 거의 없었고, 선생님들은 내가 이해도 못 하고 공부도 못한다고 항상 혼내기만 했다. 그래서 초등학교 3학년 때부터였던가, 지루하고 재미없으면 엎드려 자기 시작했다. 잠을 자면 꿈속에서는 그나마 마음이 편했으니까.

94

그때부터 선생님들은 엄마에게 전화를 하기 시작했고, 해마다 그런 일은 반복되었다. 엄마는 선생님들께 늘 죄인처럼 쩔쩔맸고, 그 화를 나한테 소리 지르는 것으로 풀고, 또 아빠랑 이야기하다 싸우고, 그러면 아빠는 나를 때리고 이런 악순환이 반복되었던 것이다. 이렇게 따지고 보면, 우리 집을 이렇게 만든 사람은 바로 나, 이상윤인 셈이다.

이제 엄마는 학교에서 오는 전화나 모르는 번호는 받지도 않는다. 보나마나 학교에서 또 내가 무슨 잘못을 했다는 전화가 분명하다고. 그런데 이번 전화는 왜 받은 건지 좀 신기하긴 하다.

어지럽혀진 거실을 치우고 씻고 나니 온 몸이 결리고 쑤시고 아파서 나도 모르게 또 욕이 나온다. 그래도 아빠가 얼굴을 몽둥이로 때리지 않는 것은 불행 중 다행이다. 학교에 가야하니 안 때리는 건지, 고개를 숙이고 있어서 못 때리는 건지는 알 수 없다.

방에 들어와 침대에 누워 페북에 들어가 글을 쓴다.

ㅆㅂ

글을 올리자마자 희라가 '좋아요'를 누른다. 페메를 보낼까 하고 있는데 댓글이 달린다.

뭔 일 있으심? 왜 또 욕?
그냥.
그냥은 무슨~ 빨리 말해봐.

됐어. 얼른 잠이나 자라.

댓글이 페메보다 빠르게 오간다.

둘이 잘들 논다. 둘 다 자라, 내 말 얼른 듣고!

지현이 댓글을 단다.

깝치지 말고 인제 얌전히 좀 살아라.

광석이의 댓글이다. 말 좀 곱게 하면 덧나나. 댓글을 또 단다.

말 좀 이쁘게 하지?
응. 너나.

광석이답다. 절대 밀리지 않는 놈. 그래도 이렇게 댓글이라도 달아주는 친구들이 있는 게 어딘가 싶다. 자리에 누워서 천장을 쳐다본다. 천장 빼곡하게 붙어 있던 야광 별들이 다 떨어지고 세 개만 남아있다.
'다행이다. 한 개가 아니라서. 외롭지는 않을 테니'
내일이 걱정되지만 걱정한다고 뭐가 어떻게 되나. 될 대로 되라는 심정이 된다. 누군가가 온 몸을 딱딱한 구두를 신은 발로 잘근잘근 밟는 것처럼 아프다. 내일 아침, 잘 일어날 수 있을까?

ㄲ.

분노가 나를 삼킨다

온몸이 물에 젖은 솜 마냥 무겁고 늘어지고 쑤시고 뻣뻣해서 알람을 듣고도 도저히 일어날 수가 없었다. 아니 일어날 수 없겠다는 생각이 들었다. 하지만 오늘도 지각하면 엄청 욕먹을 것 같기에 가까스로 몸을 일으켜 세워 학교로 향했다.

복도에서는 아침부터 소리를 지르고 날뛰고 다니는 별스런 애들이 다 있다. 왜 저런 애들을 놔두고 나보고 또라이라고 하는지 모르겠다. 영민이 저 자식은 쉬는 시간만 되면 복도에 나와서 "와~~~"하면서 고래고래 소리 지르고 말처럼 날뛰고 다니는데도 별 말을 하지 않는다. 그저 귀엽다는 듯이 데리고 놀고 잘 어울린다. 심지어 여자애들도 그렇다. 무슨 비밀이 있는지 알 수가 없다. 그리고 보니 선생님들도 별 말을 안 하시는 것 같다. 항상 나한테만 뭐라고 하셨지 영민이가 선생님들한테 혼났다는 소리를 별로 못 들은 것 같다. 신기한 놈이다.

뒷문을 있는 힘껏 열어젖히고 들어가니 아이들이 일제히 뒤를 돌아본다. 이럴 때만 본다. 열라 짬뽕 재수 없다. 자리에 가서 앉는데 동훈이가 조용히 와서 부른다.

"야! 이상윤!"

얘가 나한테 무슨 볼일이 있나 싶어 갑자기 짜증이 확 나서 퉁명스럽게 대답했다.

"왜?"

"문 좀 살살 닫고 다니면 안 돼?"

"뭐라고?"

"문 좀 살살 닫고 다니라고. 네가 문을 열어젖히고 닫을 때마다 애들이 놀라고 싫어하잖아."

'이건 또 무슨 거지같은 소리래?'

"내가 힘이 세서 문이 막 열리는 걸 나더러 어쩌라고! 아~ 진짜, 아침부터 열 받게 하네. 니가 뭔데 이래라 저래라 해? 재수 없이!"

"그러니까 조심 좀 해 달라고 부탁하는 거야 지금. 그렇게 해 줄 거라고 믿는다."

동훈이는 자기 할 말을 또박또박 차분하게 말하더니 자리로 돌아가 버린다. 순식간에 한 방 먹은 느낌이다. 점점 화가 나서 뭐라고 한마디 쏘아붙이려고 했는데, 말을 하기도 전에 게임을 종료시키고 전원까지 강제종료 시켜버리는 것 같은 느낌이다.

저 정도 카리스마는 돼야지 반장을 하는 건가? 뭐, 남자인 내가 봐

난 밥 먹다가도 화가 난다

도 동훈이는 잘 만들어진 로봇 같다. 항상 바르고 뭐든지 열심히 하고 적극적이다. 완전 모범답안지 같은 녀석이다. 그러니 남자애들이건 여자애들이건 다 좋아하는 거겠지.

'나는 뭘까, 아이들에게?'

'항상 골칫덩어리라고 생각하나?'

'또라이? 폭탄? 설마 그게 다?'

모르겠다. 뭐 내가 하는 짓이 잘 하는 건 없지만 그래도 아이들이 나를 그렇게 생각한다고 떠올리니 갑자기 기분이 나빠진다. 혼자 이런 생각을 하다 보니 이마에 또 주름이 잡히는 게 느껴진다. 이렇게 얼굴에 주름 잡히게 만들고 한쪽 눈만 치켜뜨면 아이들이 무서워서 다 피하는데……. 뭐, 이 정도는 돼야 진정한 카리스마지! 진정한 싸나이지! 아무렴 그렇고말고!

조회를 마치고 나서 담임쌤이 잠깐 따라오라고 하셨다. 복도로 나가니 담임쌤이 심각한 얼굴로 나를 가만히 쳐다보신다.

"오늘 생활교육위원회가 열리는 거 알지?"

"네."

"부모님 오신다고 하셨어?"

"네."

"음, 생활교육위원회 위원이 누구인지 알아?"

"아니요."

"교감 선생님도 위원으로 들어가셔. 근데, 교감 선생님께서 회의하기 전에 너를 잠깐 보고 싶어 하셔."

"저를 왜요?"

"따로 하실 말씀이 있으신 것 같아. 지금 교감 선생님께 내려가 볼래?"

"지금요?"

"왜, 싫어?"

"아니요. 가기 싫은데 안 가면 안 되는 거잖아요."

"그치."

"갈게요."

담임쌤은 안심이 되시는지 미소를 지으며 말씀하신다.

"교감 선생님께 가면, 3학년 5반 이상윤입니다. 부르셨다고 하셔서 왔습니다. 하고 정중하게 인사드리는 거야. 알겠지?"

담임쌤은 유치원생을 가르치는 것 같은 말투로 설명한다.

'아우, 지겹다. 쌤들의 이런 잔소리'

마지못해 대답했다.

"네."

"그래. 교감 선생님 뵙고 나서 쌤도 잠깐 보자, 알겠지?"

"네."

"얼른 가봐."

교감 선생님이 계시는 교무실로 내려갔다. 문을 열고 들어서니 갑자기 수십 개의 눈동자가 나에게 와서 꽂힌다.

'아, 또 뭘 보고 난리야. 아무튼 교무실이나 교실이나 겁나 재수 없

어요'

유독 눈에 띄는 눈동자가 있다. 과학쌤이다. 평소에는 아는 척도 해 주시고 인사도 하셨는데 오늘은 나와 눈이 마주치자 고개를 돌려버리 신다. 그리고 또 한 쌍의 눈동자는 수학쌤, 이빨마녀다. 나를 뚫어지게 쳐다보는데 교실에서 보던 그 눈빛이 아니다. 뭐랄까, 늘어진 고무줄 과 같이 팽팽함이 사라진 눈빛이다. 익숙하지 않게 왜 저런 눈빛을 하 고 있는지 모를 일이다. 위세가 하늘을 찌를 것처럼 기고만장하셨던 분이 왜.

파티션으로 가려진 교감 선생님 자리로 들어갔다.

"저기요……."

누군가와 통화를 하고 계시던 교감 선생님이 손짓으로 알겠다는 신 호를 보내신다.

"네. 알겠습니다. 제가 지금 학생하고 상담을 좀 해야 해서요. 네, 그 러면 다음에 또 통화하죠. 네~"

전화를 끊더니 내가 서있는 곳으로 다가오시며 말씀하신다.

"네가 상윤이니?"

"네."

"그렇구나. 이야기는 들었어. 좀 앉아볼래?"

교감 선생님이 가리키는 자리에 앉아 교감 선생님과 마주 앉았다. 분명 작년까지는 남자 교감쌤이었는데 지금은 여자 교감쌤이다.

"상윤아."

"네?"

달랑거리는 진주귀걸이를 한 교감 선생님이 매섭게 생긴 눈으로 나를 보며 말씀하셨다.

"너는, 네가 교실에서 있었던 일에 대해서 지금은 어떤 생각을 갖고 있니?"

큰 눈에서 어떤 힘 같은 게 느껴지고 말투도 딱딱하고 차갑게 느껴진다. 갑자기 대답하기 싫다.

"어떤 생각이라니요?"

관심 없다는 듯이 퉁명스럽게 다시 되묻는다.

"뭔가, 일이 있고 나서 네 마음에 이런 저런 생각이 들었을 거 아니야. 안 그래?"

뭐 내가 범죄자라도 되나. 말투가 완전 심문하는 말투라서 기분이 상한다.

"그렇죠."

"그러니까 뭐 잘못했다든지 아니면 뭐 억울하다든지 하는 생각, 네 생각이 듣고 싶어서 보자고 한 거야."

바로 딱 답이 나온다. 결국은 나한테 무조건 잘못했다 해라, 뭐 이런 말 하려고 부른 것 같다. 이렇게 나오면 나도 기분이 상할 수밖에 없다.

"잘 모르겠는데요."

"잘 모르겠어?"

"네."

"혹시 과학 선생님 팔 봤니?"

"네."

난 밥 먹다가도 화가 난다

"그걸 보고 무슨 생각이 들었어?"

"그거야, 좀 미안했어요."

"어유, 생각했네! 미안한 생각이 들었어?"

"네."

"뭐가?"

"아니요, 제가 뭐 일부러 그러려고 그랬던 것도 아닌데 저 땜에 다치셔서요."

"그랬구나. 그럼 과학 선생님께 죄송하다는 말은 했어?"

"아니요."

"왜 못했어?"

"그냥……."

"쑥스러웠어?"

"뭐 그런 것도 있고."

"그래. 그러면 죄송한 마음을 편지로 써서 이따 회의할 때 좀 가지고 올래?"

"편지요?"

"응. 네가 얼마나 죄송한지 반성하고 있는지 보고 의논을 해야 할 것 같아서 그래."

"저 편지 못쓰는데요."

"편지 안 써봤어?"

"네. 저 글 잘 못써요."

"잘 쓰라는 게 아니고, 네 마음이 잘 드러나게 네가 쓸 수 있는 가장

긴 글로 한 번 써와 봐. 할 수 있겠어?"

아, 진짜 짜증난다. 그냥 대충 말로 하면 되지 웬 편지야 편지는.

"……."

내가 대답을 하지 않고 있으니 교감 선생님이 고개를 이리 저리 돌려가며 내 얼굴을 계속 쳐다보신다. 뭐냐, 저 부담스런 눈빛은. 에잇, 대답해버리고 빨리 빠져나가야지 싶다.

"네."

"수학 선생님께도 쓸 수 있겠어?"

'이건 또 뭔 소리래. 이빨마녀한테 내가 왜?!!!'

"아니요."

"못 쓰겠어?"

"왜 써야 하는데요?"

"수학 선생님도 너에게 욕을 듣고 많이 힘드셨어. 안 그랬겠니? 어린 제자한테 욕을 들었는데. 너도 생각해봐. 만약에 1학년 후배가 너한테 욕을 하면 어떤 기분이 들겠어?"

"그거야, 죽여 버리죠."

"그래. 그 정도로 화가 나겠지?"

"그거하고 그게 같아요? 다르죠!"

나는 짜증이 나서 신경질이 나는 것을 숨기지 않고 대답했다.

"잘 생각해봐. 수학 선생님 마음이 어떠셨을지. 그래서 편지를 써서 죄송한 마음을 담아오면 좋을 것 같아."

슬슬 열이 뻗치기 시작했다. 왜 나한테만 사과하라고 이렇게 밀어

난 밥 먹다가도 화가 난다

붙이는지 모르겠다. 도대체 왜 이빨마녀 이야기만 듣고 나한테 이러는 건지, 이 교감이라는 여자한테도 화가 난다. 조금 전 마주쳤던 이빨마녀의 눈동자가 떠오르자 더 화가 났다. 맹한 눈으로 무심한 척하면서 한심하게 쳐다보던 그 눈빛, 마치 더러운 벌레를 보는 것 같은 눈빛이었다.

"못 쓰겠는데요."

"뭐라고?"

나도 모르게 자리에서 벌떡 일어났다.

"아, 못 쓴다고요. 씨발~ 선생들은 다 지네들끼리 편먹어서 나한테만 난리야. 진짜 짜증이 나도 정도껏 나게 해야지 진짜~"

"너, 지금 교감 선생님한테 뭐라고 하는 거니?"

이미 나는 내 입을 막을 수 없었다. 이미 달려버린 기차를 멈춰 세우기가 어렵듯이 한번 말이 터져 나와 버리면 나도 내 입을 막을 수가 없다. 이러는 내가 나도 싫지만, 정말 끔찍할 정도로 싫지만 또 분노가 치밀어 오른다. 분노가 나를 집어삼킨다.

"아 진짜 더 개 빡치게 하지 좀 말라고요, 쫌!!!"

내 목소리가 커지자 파티션 뒤편에서 담임쌤이 나타났다. 언제부터 교무실에 와 계셨는지 모를 일이다.

"상윤아! 왜 이러니? 응? 잠깐, 잠깐 말 하지 말고 기다려."

담임쌤이 내 손목을 세게 잡고 말했다.

"놔요! 놓으라고요! 아, 진짜 미친. 쓰기 싫다는데 왜 억지로 쓰라고 하냐고~ 옥!"

목에 핏대가 섰다. 뜨거운 열기가 양쪽 관자놀이까지 타고 올라가 머리끝에서 불길이 활활 치솟을 것만 같았다. 숨을 쉬기가 힘들었다.

"놔! 놔!"

고개를 뒤로 젖혀 흔들면서 몸도 좌우로 흔들었다. 정장을 말쑥하게 차려입은 역사쌤이 나타나서는 뒤에서 나를 끌어안았다. 남자쌤들이 단체로 약속이라도 했나 나를 보기만 하면 끌어안고 난리다.

"놓으라고!"

속에서 부글부글 끓어오르는 용암같이 뜨거운 이것을 어떻게 해야 할지 모르겠다. 그래서 소리를 계속 질러댈 수밖에 없다.

"놔!!! 놔!!!"

딤임쌤은 계속 내 이름을 부르고, 역사쌤은 나를 더 세게 끌이안는다.

"상윤아! 이상윤!"

담임쌤이 부른다.

"놓으라고!"

역사쌤이 아직도 힘을 풀지 않고 말한다.

"그래. 놓을 테니까 상윤아 심호흡 한 번 크게 해봐. 크게 숨을 들이마시고 내쉬고, 들이마시고 내쉬고. 응? 자, 선생님 따라 해봐."

역사쌤이 하라는 대로 숨을 크게 마시고 내뱉으니 숨이 조금 쉬어지는 것 같았다. 교감 선생님이 정수기로 가시더니 컵에 물을 받아와서 내미셨다.

"억지로는 쓰라고 안 할 테니까 일단 물 한잔 마시고 마음 좀 가라앉혀 보자."

난 밥 먹다가도 화가 난다

물을 받아 마셨다. 벌컥 벌컥 벌컥. 그래도 아직 숨을 쉬기가 힘들었다. 다리가 부들부들 떨려왔다. 나를 지켜보던 담임쌤이 내 손목을 잡고 말씀하신다.

"상윤아, 잠깐만 선생님이랑 얘기 좀 하자. 교감 선생님, 제가 상윤이 데려가서 이야기 좀 하고 오겠습니다."

교감쌤은 내 행동에 놀라신 건지 정나미가 떨어진 건지 얼른 고개를 끄덕이셨다. 담임쌤을 따라 학년 상담실로 갔다.

"정리해보면, 우리 상윤이는 과학 선생님한테는 쓸 수 있는데, 수학 선생님한테는 사과 편지를 못 쓰겠다는 거지? 그런데도 교감 선생님이 쓰라고 하셨고?"

"네."

"쓰기 싫은데 억지로 쓰라고 하니 우리 상윤이가 열 받아 버렸고? 얌전한 사자의 코털을 간지럽혀 버린 거야, 그치?"

개학 첫날에도 웃기는 말로 애들을 웃기더니 이렇게 말씀하시니 이 와중에도 웃음이 툭 튀어나오려고 한다. 모든 선생님이 담임쌤처럼 이렇게 재미있고 마음도 잘 알아주면 얼마나 좋을까 하는 생각이 들었다.

"네."

"야! 아무리 열 받아도 그렇지. 오늘이 생활교육위원회 열리는 날인데 또 욕을 하면 쓰겠어? 치고 빠지는 법을 좀 알아야지!"

"……."

"그래. 수학쌤한테 못 쓰는 이유를 좀 듣고 싶은데, 말해줄 수 있어?"

"열 받게 하잖아요."

"왜 열 받게 해? 어떻게?"

"학생의 말은 듣지도 않고, 자기 마음대로 하잖아요. 이상한 막대기로 계속 툭툭 치고, 자기 말만 하고요."

"응. 그러니까 평소에 수학 선생님이 하시는 게 맘에 안 들었다 이 말이네?"

"네. 이상한 눈빛으로 쳐다보고 막 무시하고 그래서요."

다시 이빨마녀의 얼굴이 떠오르면서 기분이 더 나빠진다.

"그래서 또 열이 올라와버렸네, 응?"

"네."

"그래서 욕을 해버렸는데 사과하고 싶지는 않고 그렇지?"

"네."

"응. 네 말을 듣고 보니 그럴 수도 있겠네. 네가 평소에 좋은 감정도 아니었던 선생님이 그렇게 깨우고 화내시는 걸 보고 너도 화가 났던 거야. 그치?"

"네."

"근데, 상윤아?"

선생님은 잠깐 숨을 크게 내어 쉬더니 미소를 담은 따뜻한 눈빛으로 나를 보시면서 조용히 말씀을 이어나가기 시작했다.

"평소에 좋든 싫든, 일단 그 상황에서 이러저러해서 요래 저래 했다고 말로 설명하지 않고 화가 난다고 앞뒤 안 가리고 어른한테 욕을 해버린 거, 그건 과연 괜찮은 행동일까?"

"아닌 것 같아요."

난 밥 먹다가도 화가 난다

"친구들 사이에서도 서로 화가 나고 싸울 수는 있지. 그런데 그렇다고 욕부터 하고 보면 친구가 남아있겠어?"

"안 남죠."

"그치? 그래서 상윤이가 속상하고 화가 난다고 무조건 화풀이를 무조건 욕으로 하는 것은 분명히 잘못 되었던 거야. 그래서 교감 선생님께서도 사과하는 글을 써보라고 하셨을 거고. 선생님 말이 이해가 되니?"

"네."

"사과의 글을 쓰고 안 쓰고는 이제 네 마음이야. 근데, 네가 어떻게 행동하느냐에 따라서 아마 오늘 회의 결과가 달라질 것은 분명해. 그건 알아두는 게 좋을 것 같아. 알겠지?"

"어떻게 달라져요?"

"법원에서 잘못을 알고 용서를 구하는 사람과, 나는 잘못한 게 없다고 주장하는 사람 중 누구에게 더 가벼운 벌을 줄 것 같아?"

"용서를 구하는 사람이요."

"맞아! 그런 거야. 그러니 잘 생각해봐. 그리고 지금 바로 가서 교감 선생님께는 잘못했다고 말씀 드리는 게 좋을 것 같은데, 네 생각은 어때?"

담임쌤 말을 듣고 보니 맞는 말 같다.

'아 그나저나 교감쌤한테는 또 가서 뭐라고 해. 아 진짜 나도 내가 왜 이러나 모르겠다. 교감쌤이 쫌만 부드럽게 말했어도 내가 안 그랬을 텐데, 아우 그걸 못 참고 또……'

생각할수록 심난하다.

"네. 알겠어요."

담임쌤은 내 어깨를 툭툭 가볍게 두드려주셨다. 나도 안다. 내가 화를 참지 못해 욕을 하기 때문에 나에게 친절한 쌤이 별로 없다는 것을. 하지만 담임쌤은 더 겪어봐야 알겠지만 지금까지만 보면 진짜 친절한 것 같다.

"근데 쌤."

"응?"

"아까, 교무실에 왜 오신 거예요?"

"너 내려 보내놓고, 걱정되어서 조용히 따라가서 대기하고 있었지. 너 또 욱 할까봐. 큭큭, 선생님의 그 슬픈 예감이 틀리길 비랐는데 예감은 빗나가질 않네. 왜 항상 슬픈 예감은 틀리지 않는 걸까? 큭큭큭. 왜? 쌤이 짜잔~ 하고 나타나니 좋던?"

"아우, 뭔 소리예요."

담임쌤이 또 장난을 치신다.

"뭘? 그랬구만! 혹시, 나 기다렸냐?"

"아니거든요!"

"에이, 기다렸네 기다렸어! 그런 걸로 알고 있을게, 큭큭큭. 어쨌든! 그건 그렇고 얼른 내려가서 사과드리자. 응?"

담임쌤 장난치시는 걸 보니, 쌤도 학교 다닐 때 장난 꽤나 심했겠다는 생각이 든다.

난 밥 먹다가도 화가 난다

똑.똑.똑.

담임쌤이 교감쌤 자리의 파티션에 노크를 한다.

"네."

"교감 선생님~! 상윤이가 할 말이 있답니다."

"네. 같이 들어오세요."

"자, 상윤아, 말씀드려."

교감쌤이 눈을 크게 뜨고 내가 할 말을 기다리면서 바라보고 있으니 말문이 더 막히는 것 같다. 민망해서 어디론가 도망가고 싶은 마음이 굴뚝같지만 그러면 안 된다는 것을 알기에 그럴 수도 없고 난감하다. 겨우 입을 연다.

"저기, 아까 막말 한 거 죄송해요."

딱딱하게 일자로 다물어져 있었던 교감 선생님의 입이 가볍게 열린다.

"그래 상윤아, 근데 평소에도 이렇게 막 욕을 하니?"

"저기, 저도 안 그러려고 하는데요."

내가 대답을 시원하게 하지 못하고 머뭇거리자 담임쌤이 옆에서 대신 말씀을 하신다.

"네, 화가 나면 자기도 모르게 순간적으로 발사가 되곤 하나 봐요. 교감 선생님. 로켓트에 발사 버튼 누르면 아무리 되돌아오라고 해도 당장 돌아오기가 어렵지 않습니까? 뭐, 상윤이의 말도 그런 거라고 생각하시면 좋을 것 같습니다."

"선생님은 이 상황에서도 저를 웃기시네요. 알겠습니다. 선생님 덕분에 상윤이에 대해 잘 알았네요. 암튼 선생님이 제일 고생이 많으시 겠어요. 상윤아, 담임 선생님 말씀 잘 들어라."

"네."

교무실을 나오니 담임쌤이 나를 보고 묻는다.

"그래도 말씀 드리고 나니 마음이 좀 가볍지?"

"네."

"그래. 쌤은 잠깐 들렀다 갈 데가 있으니까 3학년 교무실로 먼저 올 라가 있어. 알겠지?"

선생님의 뒷모습이 지쳐 보인다. 나도 힘들다. 분명한 것은 내 화를 나 역시 어떻게 할 수 없다는 것이다. 3학년 교무실로 향하는데 쉬는 시간을 알리는 종소리가 울린다. 벌써 한 시간이 훌쩍 지났나 보다.

8

심장 쫄리는 생활교육위원회

3학년 6반 앞에 광석이 무리가 모여서 잡담을 하고 있다. 내가 그냥 지나가자 광석이가 부른다.

"야, 똘! 어디 갔다 와?"

"몰라."

"왜 또?"

"아 몰라. 신경 꺼라."

"오늘 생활교육위원회 한다고 저렇게 꼴아 있나?"

"그런가보다."

"사회봉사나 안 떨어지면 다행이다."

"그러게."

"아니야, 나는 교내봉사가 더 힘들더라."

"장난해? 사회봉사가 더 어렵지."

"야, 교내봉사는 쌤들이 얼마나 쪼는데?"

뒷말하는 아이들을 뒤로 하고 3학년 교무실에 가서 담임쌤 옆자리에 앉았다. 잠시 후 담임쌤이 오셔서 편지지를 두 장 주신다.

"자, 이 편지지에 사과의 편지를 정성껏 써서 이따 생활교육위원회 할 때 들고 와. 알겠지?"

"네."

"정성껏 잘 써야 해. 할 수 있지? 응?"

"네."

편지지를 들고 터덜터덜 교실로 들어갔다. 책상 위에 편지지를 던저 놓고 가만히 살펴보니 줄이 너무 많다. 뭔 편지지에 줄이 저리 많고 간격도 좁은 건지, 보기만 해도 숨이 캑 막히기 일보 직전이다. 내 평생 이렇게 긴 글은 써본 적도 없는데 이걸 어떻게 쓰라고 하는 건지. 턱을 괴고 편지지만 뚫어지게 쳐다보고 있으니 희라가 와서 등짝을 내려친다.

"아야야야!!!!"

"살짝 쳤는데 왜 이래? 내 연약한 손이 그렇게 아파?"

"아오! 진짜 이걸 그냥 콱! 어쩌지도 못하고!"

"어머? 뭐, 어쩌려고? 나한테까지 욕 해보려고?"

"내가 뭔 욕을 한다고 그래?"

"너 교감쌤한테 오늘 또 욕했다면서?"

"누가 그래?"

희라의 말에 반 아이들이 갑자기 조용해진다. 다른 일을 하는 척하지만, 귀를 당나귀 귀로 만들어서 나와 희라의 말에 온 신경을 집중하고 있는 것이 느껴진다.

"야, 벌써 소문 쫙~ 났어."

"빠르다 빨라. 대~박!"

나는 박수를 치면서 고개를 끄덕이는데 갑자기 누군가 뒤통수를 친다.

"이건 또 뭐야?"

뒤를 돌아보니 지현이가 실실 웃고 있다.

"너는 사람을 때려놓고 실실 쪼개냐?"

"네가 지금 그렇게 하고 있잖아."

"내가 뭘?"

"아니, 새로 오신 교감쌤한테까지 욕을 날려주시고. 얼마나 유명해졌는지 연예인이 따로 없다!"

"그래서 뭐, 나랑 노니깐 좋냐?"

내 말에 희라가 고개를 좌우로 흔들며 말한다.

"야, 이상윤. 아무리 우리가 좀 놀고, 때론 좀 많이 놀 때가 있지만 너처럼 그렇게 막나가진 않는다. 정신 좀 차려라 정신 좀. 부끄럽게 하지말고!"

"너네가 뭐가 부끄러운데?"

나는 눈을 흘기며 희라를 쳐다봤다.

"야, 인간적으로 말야. 우리는 너를 계속 봐 와서 네가 속마음은 그렇지 않고, 또 착하고 그런 걸 알지만 말야. 쌤들이 어디 너를 그렇게 이해할 수 있겠냐? 수업시간에 잠깐 보는데? 그냥 막 나가는 아이로 알거나, 개념 없는 또라이로 알겠지. 근데 나같이 예쁘고 착한 애가 너랑 어울리는 게 얼마나 이상하겠냐?"

희라의 말에 지현이가 고개를 끄덕이며 격하게 공감한다.

"맞아, 맞아. 나처럼 예쁜 애도."

"맞기는, 웃기는 소리 집어치우고 나 대신 편지 좀 써줘 봐."

내 말에 희라가 편지지를 본다.

"어머! 웬 편지지? 나한테 쓰려고? 에이, 이렇게까지 안 해도 된다니깐. 말로 하지 무슨 편지로 또 고백을 하려고 해, 간지럽게~!"

희라의 말에 지현이가 지지 않겠다는 듯이 말한다.

"아니야, 고백편지는 맞는데 희라 네가 아니라 나한테 쓰는 거지. 그치?"

지현이가 작은 눈을 동그랗게 만들어 깜빡깜빡 깜빡이며 귀여운 척을 한다.

"장난 좀 그만 하고. 나 4시까지 이거 써야 해."

내 말에 희라가 정색을 하고 묻는다.

"4시까지 왜? 누구한테?"

"생활교육위원회 열리는데 들고 오래. 과학쌤이랑 수학쌤한테 써서."

"아~ 사과 편지구나!"

지현이의 말에 희라가 턱 아래 두 손바닥을 받쳐 들고는

난 밥 먹다가도 화가 난다

"사과? 예쁜 사과는 여기 있는데?"

진짜 못 말린다. 저 애교는.

"내가 너희 같은 꼴통들한테 부탁한 것이 잘못이다 잘못이야. 에휴."

"야! 이상윤! 말은 바로 해야지! 꼴통은 우리가 아니라 '너'야, '너' 알겠음?"

지현의 말에

"우리학교 최고 꼴통 ♫ 너야 너! 너야 너!♫"

희라가 노래를 부르며 몸을 흔들자 반 아이들이 일제히 웃기 시작한다. 망했다. 애네들이 나를 도와줄 리도 없고 편지를 어떻게 써야 하는지 모르겠다. 평소에 국어 공부 좀 열심히 했다면 잘 쓸 수 있었으려나. 에라 모르겠다. 대충 쓰고 말아야지 뭐.

수업시간 내내 편지지를 들고 씨름을 했다. 어떻게 써야 할지 무슨 말을 써야 할지 도무지 알 수가 있어야 쓰지. 내가 쓰는 게 맞는 건지 틀린 건지도 모르겠고 말이다. 그래서 대충 써놓고 엎드려 잤다.

3시 30분

종례가 끝나고 아이들이 썰물처럼 빠져나가 버린 학교는 순식간에 조용해졌다. 학교가 이렇게 조용한 순간도 있다는 것이 신기하다. 시끄러울 때는 몰랐는데 조용하니까 마음이 더 불안하고 초조해진다. 언젠가 친구들이 커피를 마셔보라 해서 큰 걸 하나 다 마셨다가, 온 몸이 떨리면서 불안했던 적이 있는데 딱 그때 같다. 자리에 앉아서 다리를 떨며 핸드폰 게임을 시작한다.

3시 40분

게임을 해도 시간이 잘 가지 않는다. 집에서 게임할 때는 시간이 그렇게도 빨리 지나가더니 오늘은 왜 이렇게 시간이 안 가는지 모르겠다. 아~ 미치겠다. 심지어 그렇게 재밌던 게임도 집중이 안 된다. 그나저나 엄마, 아빠는 오고 계시려나? 학교에서 아빠를 보다니. 어떤 표정일까? 무섭다.

3시 45분

마음이 불안하고 답답해서 시험 볼 때보다 더 긴장된다. 뭐, 시험 볼 때 긴장해 본 적이 별로 없긴 하지만 말이다. 게임을 하다 재미없어서 집어치우고 책상에 엎드렸다. 엎드려 있는데 갑자기 앞문이 열리는 소리가 들려 고개를 번쩍 들었다. 담임쌤이다.

"상윤아!"

"네?"

"4시가 되면, 협의실로 내려와야 한다. 알겠지?"

"네."

"우리 상윤이 다른 건 몰라도 교복을 단정하게 예쁘게 잘 입고 다니는 모습은 정말 보기 좋아. 말만 조심하면 진짜 멋질 텐데, 그치?"

담임쌤이 웃으며 말하고 나가신다.

'원래 내가 키도 있고 쫌 뭐 잘생기긴 했지! 흠'

혼자 속으로 생각하니 나도 모르게 입 꼬리가 올라간다.

난 밥 먹다가도 화가 난다

3시 58분

2분 전이다. 이제 내려가야 할 것 같다. 자리에서 일어나 협의실로 향했다. 마치 도살장에 끌려가는 소가 된 기분이다. 몸도 무겁고 머리도 무거워서 땅바닥에 몸이 붙어버릴 것만 같다. 아니 그랬으면 좋겠다. 그러면 오늘 그 자리는 안 가도 될 텐데.

3시 59분

협의실. 문을 여는 순간 무거운 기운이 훅 덮쳐 와서 순간적으로 문을 닫고 다시 나가고 싶은 걸 간신히 참았다. 교장, 교감, 학생부장쌤, 학생부쌤, 학년부장쌤, 담임쌤, 과학쌤, 수학쌤이 다 둥그렇게 둘러앉아 있고 엄마와 아빠도 앉아계신다. 모두 나를 쳐다보니 어떻게 해야 할지 몰라서 뒤통수를 긁적이며 두리번거렸다. 그러자 담임쌤이 엄마, 아빠와 마주보는 자리를 가리키며 앉으라고 하신다.

4시 00분 회의 시작

학생부장쌤 　자, 지금부터 생활교육협의회를 시작하도록 하겠습니다. 이미 나누어드린 자료를 통해서 오늘 이렇게 모인 이유나 상황은 다 아실 줄로 믿습니다. 상윤이 어머님 아버님도 자료 다 읽어보셨죠?
모두 : 네.

엄마는 학교 온다고 화장하고 꾸미니 예쁘다. 평소에도 좀 저러고 있으면 얼마나 좋아. 근데 얼굴은 예쁘게 꾸며놓고 고개를 들지도 못하고 무릎만 쳐다보고 있다. 고개 숙이고 있는 모습이 너무 힘이 없어 보여서 괜히 나도 힘이 빠진다.

아빠도 마찬가지다. 허리를 구부정하게 굽혀서 책상만 보고 앉아있으니 평소에 나를 때리던 그렇게 강한 아빠, 그렇게 힘이 센 아빠는 어디로 간 것인지, 내가 그동안 환상 속에 갇혀서 살았던 것은 아닌가 하는 생각이 든다.

학생부장쌤　　여기 기록에는 나와 있지 않지만, 상윤이가 급식지도를 하는 저에게도 욕을 하고 숟가락을 던지고 급식실을 뛰쳐나간 일도 있었습니다. 제가 상윤이를 지켜보니까 아주 그냥 기본 질서를 잘 모르는 것 같습니다. 새치기를 해서 하지 말라고 한 건데, 잘못한 건 모르고 화가 난다고 기분대로 행동하고 뛰쳐나가 버린 거죠. 그것도 욕을 하고 말입니다.

학생부장쌤의 말에 엄마의 고개는 더 꺾였다. 저러다 고개가 가슴에 붙겠다. 왜 저렇게 불쌍하게 저러고 있는 거야. 진짜 짜증난다. 차라리 평소에 나를 혼내고 화내던 그런 모습으로 있는 것을 보는 것이 훨씬 편할 것 같다.

아빠　　죄송합니다. 뭐라고 드릴 말씀이 없습니다.

난 밥 먹다가도 화가 난다

헐! 아빠가 저렇게 공손한 표현도 할 줄 안다는 사실을 지금 처음 알았다. 항상 거친 말만 하는 아빠인데, 나에겐 세상 누구보다 강하고 무서운 아빠인데, 그런 아빠가 지금 왜 저렇게 불쌍하고 힘없는 모습으로 앉아있는 걸까! 왜. 왜. 왜!!!

교감쌤　　상윤이 어머님 아버님을 모신 것은 아이의 잘못을 말하고 혼내려고 하는 것이 아닙니다. 상윤이가 바른 모습으로 성장할 수 있도록 다 같이 돕고 싶은 마음 때문이에요. 학교에서만 한다고 되는 것도 아니고, 어머님 아버님께서 도와주셔야 가능해요. 상윤이가 화가 나면 참지 못하고 욕하는 것을 부모님은 아시고 계셨나요?

엄마　　네. 알고 있었습니다.

엄마는 혼나는 학생처럼 고개를 숙이고 조용히 대답하신다. 아, 불쌍하다. 나한테 물어보시지 왜 엄마, 아빠한테 난리인지 모르겠다. 지금이라도 엄마, 아빠 나가라고 소리 지르고 싶다.

교장쌤　　그러셨군요. 그런데 어떻게 해결할 방법은 찾아보지 않으셨을까요?

엄마　　네. 죄송합니다. 그냥 하지 말라고만 했지. 제가 아이 교육에 통 신경을 못 써서요. 흑흑.

갑자기 엄마가 눈물을 쏟는다. 당황한 아빠가 엄마를 팔꿈치로 찌른다. 엄마는 계속 훌쩍인다. 제대로 집안 망신이다. 쌤들 앞에서 왜 저렇게 우는 거야. 내가 쪽팔려서 살 수가 없다. 담임쌤이 각 티슈를 가져다가 엄마 앞에 놓는다. 엄마는 화장지를 뽑아서 닦는다. 여전히 고개는 숙인채로 말이다.

아빠   네. 저희가 먹고 사느라 바쁘고 힘들어서 애가 어떻게 크는지 몰랐습니다. 그냥 학교에만 맡겨두면 된다고 생각했지요. 애들 엄마도 좀 아프고 그래서 관심을 못 받고 자라서 그런 것 같습니다. 죄송합니다.

담임쌤   상윤이 어머님이 어디 아프세요?

아빠   아, 예. 우울증이 좀 있어서. 네. 그렇습니다. 애 엄마가 우울증이 있어서 기분이 오락가락하고, 저도 디스크 때문에 몸이 안 좋은데 몸을 쓰는 일을 하고 그러니 힘들어서 집에서 항상 화만 내고 짜증만 내고 그런 것 같습니다. 이런 것이 아무래도 우리 상윤이한테 영향을 준 것 같기도 하고…….

뭐라고? 엄마가 우울증이라고? 왜 나한테는 말을 안 한 거지? 그래서 항상 술 마시고 울고 그랬던 거였나? 하루 종일 자고 그러는 것도 우울증이었던 건가? 그랬을지도 모르겠다는 생각이 든다. 나는 엄마가 아픈 것도 모르고 그동안 뭐 했나, 항상 엄마한테 대들고 소리만 질렀다. 진짜 미친놈이 따로 없다.

난 밥 먹다가도 화가 난다

담임쌤	그러면 혹시, 어머님은 따로 치료를 받고 계실까요?
엄마	아니요. 뭐 이런 걸로 병원을…….
교장쌤	아닙니다. 우울증은 치료받으셔야 하는 겁니다. 요즘은 우울증 앓는 사람이 많아서 정신과 이런 곳에서 상담받고 치료받는 것이 예전처럼 이상한 사람들만 가는 게 아닙니다. 그런 편견을 털어버리시고 치료를 받으셔야 합니다.
엄마	네, 알겠습니다.
교감쌤	그랬군요. 아버님 말씀을 들으니, 상윤이도 나름대로 힘든 상황에서 지내느라 혼자 많이 아팠을 것 같은 생각이 들어서 제 마음도 아프네요. 적절한 시기에 이런 마음들을 만져주지 않으면 장차 사회생활도 하고 그래야 할 텐데 문제가 되지 않겠습니까? 부모님이 상윤이가 학교에서 하는 행동들을 아셨으니, 이제 함께 의논해가면서 지도해 보시도록 하지요.

교감쌤의 말씀에 아빠는 고개를 끄덕이면서도 고개를 들지 못했다. 아빠의 저렇게 약하고 힘없는 모습을 보니 기분이 참 묘하다. 엄마가 울 때 그냥 부끄럽다는 생각이 들었는데 왜 아빠의 약한 모습을 보니 이렇게 맘이 아픈지 모르겠다. 바보같이 갑자기 눈물이 나오려고 한다. 내가 왜 이런 식으로 행동해서 엄마, 아빠를 이런 자리에 오시게 만들었는지 발등을 찍고 싶다. 아니, 주먹으로 나를 쳐버리고 싶다. 너 같은 인간은 죽어도 싸다며 원 없이 나를 때려버리고 싶다.

학생부장쌤	상윤아, 선생님들께 편지를 써오라고 교감 선생님께서 말씀하셨다던데 편지는 써왔니?
나	네.
학생부장쌤	그래. 그러면 한 번 읽어봐라.

안 돌아가는 머리로, 못 쓰는 글 솜씨로 이걸 쓰느라 하루 종일 머리가 아팠는데 이렇게 쌤들 앞에서 읽으려니 쪽팔렸다. 하지만 어쩔 수가 없다. 내가 벌인 일이니.

과학쌤께.

선생님. 저 상윤이에요. 작년부터 저를 보시면 농담도 해주시고 인사도 해주시고 항상 반갑게 대해주셨는데 이번에 이렇게 팔을 다치게 하고 선생님 마음을 아프게 해드려서 너무 죄송해요. 제가 선생님이 미워서 그런 것이 절대로 아니에요. 그 순간 화가 나서 아무 것도 안 보였어요. 제가 왜 그랬는지 저도 잘 모르겠어요. 앞으로는 안 그럴게요. 용서해주세요. 잘못했습니다.

나는 편지를 읽고 나서 고개를 푹 숙였다. 고개 숙이고 눈물을 닦고 있는 엄마와 아빠 때문에 나도 눈물이 나려고 해서 눈물을 참느라 혼났다.

과학쌤 상윤아! 네가 일부러 그런 게 아니라는 거 선생님도 알았어. 그런데 뭐랄까 실망스러웠다고 그럴까? 네가 3학년도 되고 이제 철도 들 나이고, 그러니 좀 달라질 거라고 쌤이 혼자 기대했었나 봐. 근데 수업시간에 그런 행동을 하고, 너를 막다가 다치게 되니 사실 많이 속상했단다. 그런데 선생님은 믿고 싶어. 네가 변할 거라고. 변할 수 있다고. 노력해 볼 거지?

과학쌤의 말을 들으니 더 죄송하고 미안한 마음이 들었다. 그러면서도 한편으로는 쌤이 나한테 기대를 하고 있었다는 것이 신기했다. 나 같은 사람한테 쌤들이 관심을 가질 거라고는 생각을 안 했다. 그냥 귀찮은 존재일 거라는 생각만 했는데.

나	네. 노력해 볼게요.
교감쌤	자, 편지가 또 있니?
나	네.
교감쌤	그럼 읽어봐.
나	네.

수학쌤께.

선생님. 저 상윤이에요. 저번에 수업시간이 시작되었는데 엎드려서 자고, 선생님이 일어나라고 해도 안 일어나서 선생님 화나게 해놓고 깨운다고 화내고 욕해서 죄송해요. 근데 저, 정말 쌤이 몇 번 불렀던 걸 몰랐어요. 수업시간에 자면 안 되지만 배도 고프고 힘이 없어서 완전 잠들었거든요. 근데 쌤이 막대기로 책상을 치고 그러셔서 순간적으로 화가 났어요. 이제 수업시간에 안 자려고 노력할게요. 욕한 거 죄송해요. 쌤한테 한 게 아니라 그냥 화가 나면 저도 모르게 나오는 말이에요. 죄송해요.

편지 읽기를 마치자마자 이빨마녀가 갑자기 흐느끼기 시작했다. 옆에 앉은 학생부 여자쌤이 이빨마녀에게 화장지를 건네주셨다. 다들 이빨마녀를 쳐다보는 가운데 침묵이 이어졌다.

교감쌤　　　　제가 며칠 동안 수학 선생님을 뵈면서 너무 죄송하고 안타깝고 그랬습니다. 25년째 교직에 계시면서 얼마나 많은 일들이 있으셨겠습니까마는, 수업 중에 제자에게 욕을 듣는 일은 흔한 일은 아니겠지요. 얼마나 얼굴이 까칠해지시고 안 좋아지셨던지 지켜보는 제가 너무 마음이 아팠습니다.

이빨마녀쌤이 25년째 교직이라니, 속으로 깜짝 놀랐다. 가만히 있어 보자, 몇 살에 선생님이 되지? 25살에 선생님이 되어도 25년째면 50, 엥? 50? 50살이라고? 완전 대박. 이렇게까지 나이가 많은 줄 몰랐는데, 우리 아빠보다 나이가 많으시다. 이렇게 나이 많은 쌤한테 욕한 건 쫌 잘못했다.

교장쌤　　　　그렇습니다. 우리가 아이들을 가르치는 일을 하고 있지만, 사실은 교사들도 사람인지라 아이들의 말과 행동에 상처받고 그렇거든요. 이런 일이 한 번씩 있고 나면 얼마나 마음에 깊은 상처가 남게

126

되는지 모릅니다.

엄마　　　　죄송합니다. 정말 죄송합니다.

교장쌤　　　이게 죄송함에서 그치는 것이 아니라, 우리 모두가 같이 노력해서 상윤이가 바른 길을 가도록 지도해주는 것이 이 회의의 목적이 아니겠습니까?

엄마, 아빠　　네. 그렇죠.

이빨마녀쌤이 화장지로 코를 눌러 닦고 나서 말했다.

이빨마녀쌤　　아휴, 제가 참 부끄럽습니다. 이런 자리에서 눈물이나 흘리고. 저도 상윤이가 그러고 싶어서 일부러 그랬을 거라고는 생각하지 않습니다. 한참 예민할 때이고, 상윤이에게 제가 알지 못할 많은 것들이 있었을 텐데 다독여서 깨우지 못했던 것이 부끄럽기도 하고 그러네요. 그래도. 그래도 상윤이가 그냥 화가 나서 그랬다는 말로 같은 실수를 되풀이하지는 않았으면 하는 생각이 듭니다. 그냥 무심코 던지는 말에도 사람들은 상처를 받으니까요. 아이나 어른이나 모두에게 아픈 말은 상처가 되어서 잊히지 않으니까요.

엄마, 아빠　　정말 죄송합니다.

죄송합니다! 죄송합니다!! 죄송합니다!!! 지금 엄마, 아빠는 계속 이 말만 죄인처럼 하고 있다. 아빠의 축 처진 어깨와 힘없는 목소리, 훌쩍이는 엄마의 콧소리가 내 마음 속에 들어와 박히면서 나는 속으로 소리를 지르고 있었다.

'나쁜 놈, 나쁜 놈, 나쁜 새끼, 이상윤 이 새끼 나쁜 새끼! 너도 인간이냐? 너는 왜 사냐? 나쁜 놈!'

나를 향해 마음속으로 한없이 욕을 하다 보니 나도 모르게 눈물이 흘러내렸다. 오른손으로 얼른 눈물을 훔쳤다. 아무리 내가 또라이에 폭탄이라지만, 더 이상은 엄마, 아빠가 이렇게 불쌍한 모습으로 비는 일은 없도록 해야겠다는 생각에 가슴이 먹먹해졌다.

학생부장쌤 　상윤이도 이제 하나하나 배워나갈 겁니다. 지금도 늦지 않았습니다. 어떻게 지도할지는 저희가 의논해서 연락드리도록 하겠습니다. 혹시 상윤이 부모님 하고 싶으신 말씀 있으실까요?

아빠 　아닙니다. 저희가 무슨 할 말이 있겠습니까? 상윤이가 학교 잘 다닐 수 있도록 잘 지도해주시기만 부탁드립니다.

엄마 　네. 죄송하다는 말씀밖엔 드릴 말씀이 없습니다.

학생부장쌤 　네. 그럼 부모님은 상윤이와 함께 집으로 가셔도 좋습니다. 회의 결과는 담임선생님께서 따로 연락을 주실 겁니다.

학생부장쌤의 말에 자리에서 일어섰다. 엄마, 아빠는 일어서서 고개를 몇 번이나 숙이더니 아무 소리도 나지 않게 걸으려는 듯 조심스럽게 나왔다.

아빠 　안녕히 계십시오. 죄송합니다.

아빠가 마지막으로 인사를 한다. 오늘 하루 나 때문에 죄송하다는 말을 도대체 몇 번이나 하는 거야. 아! 진짜 짜증난다. 아! 또 욕이 나오려고 한다. 사라지고 싶다! 먼지처럼. 아주 영원히.

집으로 오는 차 안에서 아무도 말이 없었다. 앞만 보고 운전하는 아빠. 빨개진 눈과 코로 똑같이 앞만 보는 엄마. 죄인인 나도 할 말이 없었다. 빨간 신호등에서 잠깐 차가 멈췄을 때 힘들게 말했다.

"죄송해요."

내 말에 아빠가 백미러로 나를 쳐다보셨다. 엄마는 아무 말도 없었다.

"죄송해요. 앞으론 안 그럴게요."

"그럼 또 그러려고 했어?"

아빠는 차가운 목소리로 퉁명스럽게 대답한다. 맞다. 이게 우리 아빠다. 화내고 욕하고 때려도 이렇게 강한 아빠가 좋다. 아까처럼 그렇게 슬퍼 보이는 아빠는…… 싫다. 왜 그런지는 모르겠다. 그냥 아빠의 그런 모습을 보는데, 마치 그네를 타고 높은 곳에서 낮은 곳으로 내려오는 순간 간담이 서늘해지는 그런 느낌이었다. 다시는 느끼고 싶지 않은 느낌이었다.

"고기 먹으러 갈래?"

"네?"

"고기 먹을 거냐고."

"네."

지켜보던 엄마가 말한다.

"돈도 없는데, 뭘 잘했다고 고기를 먹으러 가요? 그냥 집으로 가요."

아빠는 집근처 고깃집 주차장에 차를 세웠다. 돼지갈비를 먹으며 술을 시키려는 아빠를 엄마가 간신히 말렸다. 오늘 같은 날 술이 들어가면 집에 들어가서 폭력의 쓰나미가 몰려오는 시간을 보내야 할지도 모를 일이었기 때문에. 나도 적극적으로 말렸다. 잘한 것도 없으면서.

난 밥 먹다가도 화가 난다

9

마음 고르기 프로그램을 시작하다

마음 고르기 프로그램은 사실 좀 어려웠다. 내가 평생 읽어본 책이라고는 백설공주, 신데렐라, 흥부와 놀부, 이런 게 다인데 그림도 없고 두꺼운 책을 읽으라고 하니 도대체 무슨 내용인지도 모르겠고, 무슨 내용인지를 떠나서 몇 장 아니 몇 줄만 읽어도 잠이 와서 독후감은커녕 읽은 것을 그대로 쓰라고 해도 못 쓸 지경이었다.

학생부쌤은 내가 읽은 책을 말해보라고 하시더니 황당해하셨다. 그렇다고 읽어보지도 않은 책을 읽었다고 거짓말을 할 수도 없어서 사실대로 말했던 건데 대놓고 놀라시니 나도 기분이 상했다.

결국, 쌤은 책을 읽고 독후감 쓰는 것 대신 책에 있는 좋은 글귀를 따라서 베껴 쓰도록 해 주셨다. 무슨 말인지 잘 이해가 안 가던 말이 대부분이었는데 그래도 이 말은 좀 이해할만 했다.

경솔하고 천박한 말이 입에서 튀어나오려고 하면 재빨리 마음을 짓눌러야 한다. 그 말이 입 밖으로 튀어나오지 않도록 해야 하는 것이다. 거친 말은 내뱉고 나면 다른 사람들에게 모욕을 당하고 해로움이 따르게 될 텐데, 어찌 두려워하지 않을 수 있겠는가.

조선시대 선비 이덕무인지 이동무인지 하는 사람이 했던 말이라고 알려주셨는데, 아무튼 이 이야기는 나에게 하는 말인 것 같았다. 천박한 말이 튀어나오려고 하면 마음을 눌러야 한다는데, 나는 그것이 안 되는 게 가장 큰 문제인 것 같다. 어떻게 하면 마음을 잘 다스릴지 그것을 가르쳐주는 사람은 어디 없을까? 학생부쌤이 좀 알려주시면 좋으련만 나한테 생각해오라고 하셨다. 생각하는 것이 세상에서 제일 어려운 나한테 생각이라니. 요즘같이 많이 생각했다가는 아주 서울대 가게 생겼다. 내가 서울대 혼자 가면 광석이가 엄청 배 아파할 것이다.

둘째 날은 '시 암송하고 느낀 점 말하기'였다. 내가 시를 암송할 정도로 머리가 좋았으면 그동안 왜 공부를 안 했겠나. 진짜 어이없다. 금방 읽은 단어도 기억을 못하는데 도대체 시를 어떻게 외우라는 건지, 미치고 팔짝 뛸 일이었다.

내가 외우는 건 태어날 때부터 못한다고 했더니 학생부 여자쌤이 나를 째려봤다. 내가 웬만하면 쫄지 않는데 이 쌤은 진짜 완전 카리스마 쩐다. 눈에 시퍼런 칼이 달린 것처럼 무섭다. 그래서 뽑아준 시를 한 30분은 앉아서 계속 그냥 읽고만 있었다.

흔들리며 피는 꽃 / 도종환

흔들리지 않고 피는 꽃이 어디 있으랴
이 세상 그 어떤 아름다운 꽃들도
다 흔들리며 피었나니
흔들리면서 줄기를 곧게 세웠나니
흔들리지 않고 가는 사랑이 어디 있으랴

젖지 않고 피는 꽃이 어디 있으랴
이 세상 그 어떤 빛나는 꽃들도
다 젖으며 젖으며 피었나니
바람과 비에 젖으며 꽃잎 따뜻하게 피웠나니
젖지 않고 가는 삶이 어디 있으랴

30분 정도 계속 읽다가 외워졌나 확인하려고 눈을 감고 속으로 낭송하기 시작했다.

'흔들리지 않고 피는 꽃이 어디 있을까, 이 세상. 이 세상, 이…세상 그…이 세상… 아이 씨~ 진짜 꽃이 피면 피었지 왜 꽃 핀 걸 갖고 이딴 시를 쓰고 그래서 사람 힘들게 하고 난리야. 진짜 겁나 길고, 뭔 소리인지도 모르겠구만'

나는 속으로 외우다가 안 외워져서 짜증이 올라왔다. 가만히 앉아서 이것만 읽고 외우려고 하니 아랫배에서 또 뜨거운 것이 부글부글 치밀어 올라왔다.

"후……."

내가 한숨을 쉬자, 자리에 앉아서 일하던 학생부쌤이 나를 쳐다봤다. 그리고 딱딱한 말투로 물었다.

"힘드냐?"

"네."

"뭐가 힘들어 이 녀석아."

"아, 진짜 뭔 소린지도 모르겠고 진짜 못 외우겠어요."

"그럼 100번 쓸래?"

"네??? 100번이나요? 아니, 그건 쫌!"

"그럼 잔말 말고 외워질 때까지 외워."

"아니 쌤…진짜 이건 에바죠. 이걸 어떤 놈이 외워요. 인간이 아니죠."

"쌤한테 에바가 뭐야 에바가. 이 녀석이 아직도 제정신이 아닌가 보네? 그리고 이렇게 짧은 시 외우는 게 뭐가 힘들다고 엄살이야? 일단 마음속으로 100번 읽어보고 나서 이야기 해라."

아니 무슨 여자쌤이 살인범 잡는 형사보다 무섭냐. 옷도 무슨 형사처럼 가죽옷을 입고, 손목에 팔찌도 도깨비 방망이에 난 뿔 같은 것이 달려있어서 대박 무섭다. 저 정도는 돼야 학생부쌤 하는 걸까??

1시간을 읽은 끝에, 1연을 겨우 외웠다. 쌤 말처럼 계속 읽다보니 대충 어떤 뜻인지 조금 알 것 같았다. 신기하다. 왜 그러는 건지는 모르겠다. 그러니깐, 이 시는 딱! 그 말이다. 뭐, 꽃이 다 흔들리면서 핀 것처럼 사랑도 흔들린다. 이런 말 아닌가?

2연은 더 쉬웠다. 꽃이 밖에 피어있으면 비도 맞고 눈도 맞고 뭐 그래도 꽃을 결국 피운 것처럼, 내 삶도 젖으면서 살아가는 거다. 뭐 이런 얘기? 근데 삶이 젖으면 어떻게 되는 건지는 모르겠다. 삶도 젖으면서 꽃이 핀다는 말인가? 삶이 어떻게 꽃이 피지? 모르겠다. 중요한 건, 이걸 외우는데 무려 1시간 50분이나 걸렸다는 사실이다. 그나마 그것도 중간 중간에 쌤이 힌트를 주셔서 겨우 외웠다. 차라리 청소를 하고 말지, 머리 쓰는 거 하려니 더 죽겠다. 애들은 공부를 어떻게 하는 건지 존경스럽다.

학생부쌤은 내가 지금 흔들리고 젖고 있지만 결국엔 내 삶도 꽃이 필거라고 했는데, 내 삶이 어떻게 꽃이 핀다는 건지도 잘 모르겠다. 내가 뭐 꽃도 아니고, 차차 알게 될 거라고 하셨으니 언젠가는 알게 될 날이 있겠지 뭐. 이렇게 긴 시를 내가 외웠다는 게 자랑스러울 따름이다. 그나저나 희라한테 이 시 아는지 물어봐야겠다. 모른다고 하면 무시 좀 해줘야지. 아! 인간 이상윤이 왠지 갑자기 좀 똑똑해진 것 같은 이 느낌은 뭐지?

셋째 날은 '명언, 명구 필사하기'를 한다고 했다. 처음에는 이게 뭔 소리인가 몰라서 겁먹었는데, 좋은 말이나 좋은 글을 그냥 베껴 쓰기만 하면 되는 거였다. 아! 얼마나 다행이던지. 외우는 건 못하지만 그래도 내가 베껴 쓰는 건 좀 한다. 집중해서 베껴 쓰면 손가락하고 펜하고 글씨만 보인다. 그러면 아무 생각도 나지 않고 내가 다른 세상에 와

있는 것 같은 기분이 들어서 베껴 쓰기는 좋아한다.

"외우는 거 엄청 어려워하더니, 베껴 쓰기는 괜찮겠어?"

학생부 여자쌤이 시크하게 물었다.

"네. 저 베껴 쓰기는 그나마 잘 해요."

"그나마 잘 해? 잘 하는 것도 있었네?"

"아이, 왜 그러세요~ 쌤."

"그래. 그럼 열심히 베껴 써봐."

쌤은 좋은 글이 적힌 종이와 베껴 쓸 종이를 주시고 나서는, 사물함을 열어 츄파춥스와 마이쮸를 한주먹 주셨다. 와우! 포스가 있는 만큼 통도 크시다. 한꺼번에 한주먹을 주시다니!

"감사합니다."

"다 먹지 말고, 쓰다가 답답해서 숨 막힐 때 하나씩 먹어!"

"네."

1) 자신의 습관을 자유롭게 통제할 수 있는 사람은 인생에 있어 많은 일을 할 수 있다. – 미끼 기요시

2) 삶을 사는 방식에는 오직 두 가지가 있다. 하나는 모든 것을 기적이라고 믿는 것, 그리고 다른 하나는 기적은 없다고 믿는 것이다. – 아인슈타인

3) 길이 가깝다고 해도 가지 않으면 도달하지 못하며, 일이 작다고 해도 행하지 않으면 성취되지 않는다. – 순자

4) 고통은 인간을 생각하게 만든다. 사고는 인간을 현명하게 만든다. 지혜는 인생을 견딜 만한 것으로 만든다. – 패트릭

난 밥 먹다가도 화가 난다

5) 지금 웃지 않고 있다면, 당신의 소중한 시간을 낭비하고 있는 것이다. – **샹포르**

6) 산다는 것은, 호흡하는 것이 아니라 행동하는 것이다. – **루소**

7) 귀로 남의 그릇됨을 듣지 말아라. 눈으로 남의 단점을 보지 말아라. 입으로 는 남의 허물을 말하지 말아라. 그래야만 군자라고 할 수 있다. – **명심보감**

8) 내가 만약 남에게 욕설을 듣더라도 거짓으로 귀먹은 체하여 시비를 가리지 말라. 비유하건대 불이 허공에서 타다가 끄지 않아도 저절로 꺼지는 것과 같다. 내 마음은 아무렇지도 않은데 너의 입술과 혀만 놀릴 뿐이다. – **명심보감**

9) 배움의 길에 선 학생들은 늘 현재의 위치를 불안해한다. 막막한 표정으로 이렇게 묻는다. 어떻게 해야 삶의 목표를 정할 수 있나요? 답은 간단하다. 사람은 제 마음의 주인이 되어야지, 제 몸의 노예가 되면 안 된다. 마음의 주인이 되려면 마음을 꽉 붙들어 달아나지 못하게 해야 한다. 마음을 붙들려면 어찌 해야 하나, 성현의 말씀이 담긴 책을 읽으면 된다. 책은 마음을 지켜 주는 호심부다. 책과 함께할 때 나는 내 마음의 주인이다. – **'허균'의 암서유사 중에서**

짧은 명언을 쓸 땐 괜찮았는데, 긴 글을 따라 쓰자니 어디까지 썼나, 같은 부분을 또 쓰고 있는 건 아닌가 헷갈리면서 집중력이 흐트러졌다. 손가락도 아프고 허리도 뒤틀리는 것 같고 화장실도 가고 싶고 마음이 들썩거렸다. 그래도 달달한 마이쭈도 먹고 츄파춥스를 입에 물고선 계속 썼다. 시간이 금방 갔다. 그래, 역시 암기보다는 베껴 쓰기가 낫다.

열심히 써서 검사를 받으려고 하니 갑자기 쌤이 질문을 하셨다.

"네가 베껴 쓴 글귀 중에서 가장 기억에 남는 것이 어떤 말이었어?"

"네???"

"어떤 말이 가장 기억에 남았냐고."

"그냥 쓰기만 해서 잘 모르겠는데요……."

쌤은 어이가 없다는 듯이 웃으시며 물었다.

"야, 이 녀석아, 두 시간이나 손 아프게 써놓고 무슨 말을 썼는지는 하나도 모른단 말이야?"

"네."

"어떻게 그럴 수가 있어?"

"아니. 글씨 따라 쓰다 보면 따라서 쓰느라 정신없는데 언제 읽고 기억까지 해요!"

"아이고, 기대를 한 내가 잘못이다 내가 잘못이야. 그러면 이거 가져가서 가장 마음에 와 닿는 구절, 그리고 그것이 마음에 와 닿는 이유를 간단하게 써와. 한 가지만. 알겠어?"

"네?"

"뭐가 네는 네야! 써와! 알겠지?"

무섭게 인상을 쓰는 쌤에게 못한다는 말은 할 수가 없었다.

"네."

"그래, 오늘도 수고 했어. 내일 보자!"

"네~!"

아! 드디어 삼일이 지났다. 이제 두 번만 하면 마음 고르기 프로그램도 끝이다! 오~ 예!

난 밥 먹다가도 화가 난다

드디어 나흘째 되는 날이다. 어제 쌤이 내준 숙제를 안 해 와서 수업 시간에 했다. 뭐가 가장 마음에 남았냐고 했는데, 뭐 대충 보니 다 좋은 말인 것 같은데 어려운 말이 많고 그래서 제일 쉬운 말이 있는 것으로 골랐다.

★ 마음에 남은 구절 : 자신의 습관을 자유롭게 통제할 수 있는 사람은 인생에 있어 많은 일을 할 수 있다. – 미끼 기요시

★ 그 이유 : 습관을 자신이 마음대로 통제하면 많은 일을 할 수 있다고 하니깐, 나도 내 습관을 좀 고쳐야겠다는 생각이 들었다. 욕하는 습관, 지각하는 습관, 침 뱉는 습관, 뭐 이런 습관들을 내가 마음먹은 대로 할 수 있으면 좋겠다. 근데, 마음먹은 대로 안 되니깐 문제다.

쌤은 내가 쓴 것을 읽고선 물으셨다.
"습관을 고치고 싶긴 하니?"
"당연하죠."
"그래. 그럼 노력을 해야지. 고치고만 싶으면 뭐해. 노력을 안 하는데? 쌤도 영어로 외국인이랑 프리토킹하고 싶어. 근데 영어 공부는 안 해. 그럼 할 수 있어 없어?"
"없죠."
"그치? 그러니 노력이란 걸 해야 한다는 거야. 알겠지?"
"네."
"어떤 노력을 해야 할지는 구체적으로 계획을 세워서 해야 할 것 같

은데! 그건 차차 하도록 하고, 일단 오늘은! 네 번째 날이지?"

"네."

쌤은 또 종이를 들고 오셨다. 아, 이제 저런 종이 쪼가리 진짜 보기 싫다. 또 뭘 외우는 건 아닐지 무섭다.

"오늘은! 미래의 너에게 편지쓰기야."

"네??? 미래의 저한테 어떻게 편지를 써요?"

"네가 26살, 아니면 36살, 아니면 46살엔 뭘 하고 있을까 한번 상상 해보고, 그때의 너에게 지금의 네가 편지를 써봐."

이건 또 무슨 거지같은 소리인지 모르겠다. 아니 내가 미래에 어떻게 살고 있을지 어떻게 알아서 편지를 쓰라는 건지, 할 게 없으니 별 걸 다 시킨다. 대충하고 보내주면 될 것을.

내가 대답을 하지 않자 쌤이 실눈을 뜨고 내 눈을 뚫어지게 쳐다보며 다시 말했다.

"못 쓰겠어? 무슨 말인지 이해가 안 돼?"

"아니요, 제가 그때 뭘 하고 있을지 어떻게 아냐고요."

"그래서 상상이라는 걸 좀 해보라고. 머리를 좀 쓰라는 거 아니냐! 지금 네 마음이 어떤지, 미래의 너에게 어른이 되어 있는 너에게 어떤 말을 하고 싶은지 좀 진지하게 생각 좀 해보라는 거야. 어떤 어른이 되어 있을지! 알겠어? 오늘 이거 못 쓰면 집에 못 가니까 그렇게 알아."

"휴~~."

"땅 꺼진다, 이놈아!"

나 밥 먹다가도 화가 난다

"다 채워야 해요?"

막막했다. 이렇게 많은 줄을 언제 채울지.

"쌤이 너 불쌍해서 특별히! 절반 이상만 채우면 보내줄게. 대신, 고민은 진지하게 좀 해 보자. 알았어?"

"네."

종이를 탁자 위에 올려놓고 손가락으로 연필을 돌리기 시작했다. 내가 다음에 어떤 어른이 될지 아무리 생각해도 그림이 그려지지 않는다. 키는 더 클까? 몸무게는 늘까? 아빠랑 더 닮아갈까? 일은 무슨 일을 하고 있을까? 나는 잘하는 것도 없는데, 뭐라고 쓸지 머리가 빠개질 것 같다. 이러다 내 머리 너무 많이 써서 폭발하는 건 아닌지 모르겠네 진짜.

그래도 써야지 보내준다니 쓰긴 해야 하는데 모르겠다. 그냥 대충 써야겠다.

안녕! 나는 상윤이야. 너도 상윤이지? 나는 지금 열여섯 살이야. 너는 몇 살이니? 지금 나는 학생부에서 이 글을 써. 쌤들한테 잘못한 게 있어서 벌을 받는 중이야. 미래의 나한테 편지를 쓰라고 하는데, 내가 무슨 일을 하고 있을지, 어떤 어른이 됐을지는 사실 잘 모르겠어. 근데 안 쓰면 집에 못 간다고 하니 쓰고 있을 뿐이야. 너는 지금 무슨 일을 하고 있냐? 일은 하고 있는 거야? 지금 나는 아무것도 잘하는 게 없고 사고만 치고 있어. 빨리 어른이 돼서 학교도 안 다니고 마음대로 살고 싶은데, 어른이 돼서도 지금이랑 똑같으면 어떡하나 걱정이 쯤 돼.
그래도 꿈은 가지라고 했으니깐! 나는 네가 음……. 돈 많이 벌어서 좋은 집도 사고, 멋진 차도 사고 행복하게 살고 있을 거라고 믿고 싶다. 뭐, 아니면 말고.

근데 이 정도만 써도 쌤이 보내줄지 모르겠다. 이게 지금 가장 큰 고민이야. 그럼 안녕.

"쌤! 다 썼는데요!"

"진짜?"

"네."

"어디 보자!!!"

학생부쌤은 코밑으로 흘러내려 온 안경을 다시 올려 쓰면서 내 글을 읽었다.

"아이고! 이게 뭐냐! 진지하게 고민 좀 하라니깐! 그냥 좋은 집, 멋진 차, 이게 다야?"

"아니, 그럼 모르겠는데 어떻게 해요!"

"네 생각엔, 네가 어떤 모습으로 살 것 같아?"

"모르죠."

"그럼, 지금처럼 이렇게 계속 생활하면 어떤 어른이 될 것 같아?"

지금처럼 이라는 말은, 이렇게 사고치는 것을 말하는 것 같다. 그렇다면 나는 어떤 어른이 될까?

"사회에 나가서도 이렇게 사고치면 학교에서처럼 데려다가 좋은 이야기 해주고 달래고 이렇게 할까?"

그럴 것 같지는 않다.

"아니요."

"그럼 어떻게 할 것 같아?"

"뭐, 경찰서 가요?"

"그래, 그럴 수도 있어."

"에이, 욕 좀 했다고 경찰서를 가요?"

"그럼! 야, 이 세상이 얼마나 무서운 세상인데! 상대방이 모욕감을 느꼈다고 신고하면, 경찰서 가야지 별 수 있어?"

"헐~ 완전 어이없네."

"어이가 없긴. 쌤들한테 욕을 한 네 행동이 더 어이가 없는 거라네 이 사람아!"

이렇게 말씀하시니 갑자기 할 말이 없다.

"상윤아!"

"네."

"곰곰이 생각해 봐. 이렇게 살아도 괜찮을지. 어떻게 살아야 할지. 10년 후, 20년 후에 네가 어떤 모습일지. 과연 행복한 모습일지 머릿속으로 그려봐. 알겠지?"

"네."

"그래서, 네가 원하는 모습으로 살기 위해서는 지금 어떻게 행동해야 할지 스스로 고민하고 생각해봤으면 좋겠어. 쌤 말 이해하니?"

"네. 알아요."

"그래. 다행이다. 오늘도 고생했다. 이제 내일이 마지막이네!"

"네."

"그래. 내일도 늦지 않게 잘 오자. 알겠지?"

"네. 안녕히 계세요."

인사를 하고 학생부실을 나오는데 끝났으니 마음이 시원해야 맞는데, 어찌된 게 체한 것처럼 속이 답답하고 마음이 더 무거워지는지 모르겠다.

'정말 나는 뭘 하고 살까?'

난 밥 먹다가도 화가 난다

10.

분노와 두려움 사이

너무 생각을 많이 해서일까 안 쓰던 머리를 써서일까. 지도 기간 마칠 때까지 지각하지 말고 모범적으로 생활하라고 학생부장쌤이 말씀하셨는데 늦잠을 자고 말았다. 그것도 완전 대박 늦잠.

어떻게 10시 30분이 되도록 엄마는 나를 안 깨울 수가 있는지, 일어나서 핸드폰 시계를 보고 어이가 없어서 순간적으로 핸드폰을 던져버릴 뻔 했다.

"엄마! 왜 안 깨운 거야! 엄마!!!!"

"엄마!"

"나 망했다고!"

아무 반응이 없다. 후다닥 일어났다.

'뭐지?'

일어나서 엄마 방문을 열어보니 없다. 젠장, 어디 나가셨나 보다. 아니 나갈 거면 나는 깨워놓고 가야지 도대체 이해가 안 된다. 엄마도 이해가 안 되는데 내가 나를 이해할 수가 있겠나 원. 이게 뭔 소린가 나도 모르겠다. 아무튼 지금 중요한 건 죽자 살자 달려서 학교에 가는 수밖에 없다. 정신없이 세수만 하고, 뜬 머리는 물을 발라서 누르고 교복을 입고 달리기 시작했다.

이렇게 늦어서 학교에 달려갈 때마다 이사 갔으면 좋겠다는 생각이 간절하다. 버스정류장 근처로 가든지. 아니면 버스가 다니는 곳으로 가든지. 이것도 저것도 안 되는 어중간한 동네에 살아서 버스도 못 타고 이렇게 30분이나 걷거나 뛰어다녀야 하는 삶도 피곤하다.

뛰면서 핸드폰을 봤더니 부재중 전화가 다섯 통이나 찍혀 있다. 모두 담임쌤이다. 문자 메시지도 들어와 있다.

- 💬 "상윤아! 자니?"
- 💬 "무슨 일 있는 건 아닌지 걱정 되네."
- 💬 "연락 좀 줄래?"
- 💬 "연락 안 되면 이제 부모님께 연락할 거야."

마지막 메시지를 보는 순간 식겁했다. 오, 맙소사! 정신없이 뛰다가 멈춰 서서 문자를 보냈다.

- 💭 저 늦잠 자서 지금 가고 있어요.

난 밥 먹다가도 화가 난다

발에 땀이 나도록 뛴 덕분에 평소에 뛰어서 15분 정도 걸리던 거리를 거의 10분 만에 찍을 수 있었다. 학교 정문이 보였다. 열심히 뛰는데 맞은편에서 오는 용달차가 눈에 익었다. 그냥 죽자 살자 뛰어서 학교로 들어갔으면 됐을 텐데 나도 모르게 멈춰 서고 말았다. 용달도 내 앞에서 멈춰 섰다. 운전석 창문이 열리고, 아빠가 고개를 내밀고 말했다.

"너 이 녀석, 이제야 학교 가는 거야?"

"아니요?!"

나도 모르게 거짓말이 튀어나왔다.

"그럼 어디 갔다 오는 거야?"

"배 아파서 집에 가서 똥 싸고 오는 길이에요."

"똥을 왜 집에 가서 싸! 학교에서 싸지!"

"학교는 애들이 장난치고 문 열고 그래서 못 싸요!"

"그럼 빨리 들어가! 지금 수업시간 아니야?"

"맞아요."

"빨리 들어가!"

"네."

정문으로 올라가는데 뒤에서 아빠가 소리를 질렀다.

"들어가서 외출증 인증샷 찍어서 아빠한테 문자로 보내!"

"네? 네."

'아~ 죽었다'

내가 이시간이 되도록 잠을 잔 걸 알면 보나마나 아빠한테 맞을 것이 뻔한데, 외출증을 찍어서 인증샷까지 보내라니 이걸 어쩜 좋을지 모르겠다. 하지만 뭐 담임쌤께 외출증 하나 써달라고 하면 써주시겠지. 작년에도 그랬으니까 아마 써주실 거야. 틀림없이. 그래야만 한다.

교무실까지 얼마나 빨리 뛰어 올라갔는지 기억나지 않는다. 정신없이 교무실 문을 열어젖히니 일을 하고 계시던 선생님 몇 분이 일제히 나를 쳐다보셨다.

"상윤이 왔구나?"

담임쌤이 반기셨다.

"어유, 늦잠 잤다고 이렇게 뛰어오느라고 숨도 제대로 못 쉬고 땀까지 흘린 거야? 기특하네."

부장쌤이 칭찬을 해주신다. 담임쌤 옆자리에 앉아 아직 숨도 제대로 고르지 않은 상태에서 말을 하기 시작했다.

"저기요~ 쌤."

"응?"

"저, 외출증 좀 끊어주세요."

"웬 외출증? 지각해 놓고 외출까지 하려고?"

담임쌤은 의아하다는 듯이 물으셨다.

"그게 아니구요."

"응."

"제가 학교 바로 앞에서 아빠를 만나버렸어요."

"그래서?"

"그래서 이제 학교 가냐고 물으셨는데, 혼날까 봐 집에 가서 화장실 다녀오는 중이라고 했더니 아빠가 외출증을 인증샷 찍어서 지금 당장

난 밥 먹다가도 화가 난다

보내래요.”

“그래서 지금 선생님에게 외출증을 끊어달라고 하는 거야?”

갑자기 담임쌤의 얼굴에 웃음기가 사라지면서 말투가 딱딱해졌다. 나도 덩달아 마음이 딱딱해졌다.

“네.”

“안 돼.”

“네?”

“안 된다고.”

아, 빡친다. 뭐 이런 선생이 다 있나. 주변이 갑자기 뿌옇게 되면서 아무것도 안 보인다. 안된다고 말하고 컴퓨터로 고개를 돌리는 굳은 표정의 담임쌤 얼굴만 눈에 들어온다. 가슴이 벌렁벌렁 뛰기 시작하더니 다리가 달달달 떨린다. 손도 파르르 떨린다.

‘야, 이런 사람도 담임이냐? 널 위해주는 척은 혼자 다 하더니, 지금은 너 혼나라고 그깟 외출증 하나 못 끊어준다고 버티잖아. 이게 말이 되냐?’

어디선가 가느다랗게 속삭이는 목소리가 들려오기 시작했다.

‘너를 좋아하는 사람이 어딨어? 그냥 좋아하는 척했던 거지. 생각해 봐. 너를 좋아하면 외출증 하나 못 써주겠어?’

온몸이 부들부들 떨리면서 무슨 말인가 하려는 순간, 내가 무슨 말을 하고 있는지 알아차리기도 전에 내 귀에 내 목소리가 먼저 들려왔다.

"왜 안 끊어주는데! 그깟 외출증이 뭐라고 안 끊어 주냐고!!!"

소리를 지르는 내 목소리. 소리를 지른다기보다는 절규에 가까웠다. 나도 내 큰 목소리에 깜짝 놀랐다. 하지만 이미 나는 제정신이 아니었다. 내 안에 있는 악마가 다시 꿈틀대며 내 몸 밖으로 빠져나오려는 듯 몸부림치기 시작했다. 내 안에 있는 악마와 눈이라도 마주치신 것일까. 담임쌤의 동공이 지진을 일으켰다. 그러더니 오른쪽 눈꺼풀이 떨리는 것이 보였다. 파르르르 파르르르. 마치 무서운 적을 만난 고양이가 온몸의 털을 위로 세운 채 경계의 태세를 갖추고는 있지만, 불안함을 감추지 못하고 몸을 파르르 떨고 있는 것만 같았다. 담임쌤은 눈을 살짝 감았다 다시 떴다. 그 짧은 순간에 눈동자가 빨개져 있었다. 그러나 이미 늦었다. 나는 이미 내 안에서 들려오는 목소리의 지배를 받고 있었다.

"지금 너는, 네 잘못을 아빠한테 들킬까봐 거짓말을 하는 거고, 그 거짓말에 선생님까지 끌어들이고 있는 거야. 자꾸 네 잘못을 아빠한테 이렇게 숨기면 네 잘못을 고칠 수 있을까? 그래서 선생님은 네 거짓말에 동조할 수 없다는 거야. 그래서 외출증은 못 끊어줘. 너를 미워해서가 아니야. 안 끊어줄 거야. 그러니 어서 그냥 교실로 들어가."

담임쌤의 목소리는 평소와 달리 톤이 더 높아져 있었고, 목소리는 단호한 말투와 어울리지 않게 흔들렸다.

"무슨 말도 안 되는 소릴 하고 있어! 겉으로는 생각해주는 척하면

난 밥 먹다가도 화가 난다

서 쥐뿔. 관심도 없으면서. 그러니깐 외출증 그까짓 거 하나 안 끊어주
지! 작년 담임은 다 끊어줬다고!"

내가 소리를 지르며 담임쌤한테 얼굴을 가까이 들이대자 담임쌤 옆
자리에 앉아있던 체육쌤이 내 뒤로 와서 나를 일으켜 세우고 뒤에서
안았다.

"놔~ 놔~! 놓으라고! 이런 씨발. 진짜 미친년이 외출증 끊는 거 그
게 뭐가 어렵다고 어이가 없네 진짜. 놔! 놓으라고!"

아! 나는 선을 넘기고 말았다. 결코 넘어서는 안 되는 선을 넘었다는
것을 솔직히 나는 알아차리지 못했다. 내 안에 있는 어떤 '분노' 때문
이라고 누가 나에게 이야기해 주기 전에 나는 그것이 무인지 알지 못
했다. 나의 외침에 학년부장쌤이 옆에 와서 내게 소리를 지르셨다.

"야! 보자보자 하니깐 이상윤이 이놈! 완전 나쁜 놈이네! 담임쌤이
너를 얼마나 걱정하고 챙기시고 애쓰시는데 말을 그딴 식으로 하는 거
야! 뭐라고?"

"뭔데 또 지랄이야! 끼어들지 마! 뭐냐고!"

"야! 이상윤!"

나는 단단한 밧줄에 묶여서도 끝까지 적과 싸우려고 몸부림치는 맹
수와 같이 날뛰었다.

'저 학년부장쌤도 죽여 버릴 테야. 이 학교를 폭파시켜 버릴 거야!'

내 안에서 이런 울림이 있었던 게 하루 이틀 일은 아니었다.

"때려봐! 때려보라고! 때리지도 못할 거면서 왜 나한테 큰소리치고

난리야!"

"너, 어디서 지금 못된 버릇을 하고 있어! 그래, 너를 때리고 싶지만 때릴 수는 없으니 너희 아빠 오시라고 해야겠다."

순간 나는 머리가 핑 돌았다. 아빠한테 전화라니 말도 안 돼. 말도 안 될 일이다.

"뭐! 뭐라고! 전화한다고! 전화하지 마! 네가 뭔데 전화를 해!!! 네가 뭐냐고!!"

내가 학년부장쌤 자리로 달려가려고 해도 뒤에서 꽉 잡고 있는 체육쌤 때문에 꼼짝달싹도 할 수가 없는 몸이었다. 체육쌤은 뒤에서 계속 내 귀에 대고 말했다.

"상윤아! 진정해. 이상윤! 마음 좀 가라앉혀봐. 이상윤! 정신 좀 차려봐!!!"

하지만 내 마음속에선 악마가 속삭였다.

'거봐, 담임이고 학년부장이고 다 네가 아빠한테 맞길 바라고 있잖아. 그러니 참으면 안 되지. 네가 무서운 걸 보여줘. 얼른!'

"야!!! 전화 하지 마!!! 전화하지 말라고!!!!"

내가 고함을 지르는 중에 학년부장쌤은 아빠에게 전화를 하셨다.

"네. 상윤이 아버님이시죠? 오셔서 상윤이를 좀 데려가셔야 할 것 같습니다. 네? 네. 늦게 와서 지금 욕을 하고 지도가 안 됩니다. 얼른 오셔서 데려가십시오. 네. 알겠습니다."

"야!!!!!!! 이 개새끼야!!!!"

"뭐? 이놈의 자식이 어디다 대고 욕이야 욕이? 학교가 네 마음대로 욕이나 마음껏 해대는 곳인 줄 알아? 이 녀석이 좀 바르게 살려고 하는 것 같아서 예쁘다 예쁘다 했더니 이 버릇을 못 고치고 아주 막 나가고 있네! 엉?"

당장이라도 달려가 저 선생님을 때려주고 싶었다. 내가 맞은 것처럼. 내가 아빠한테 맞는 것처럼. 뭘 안다고 지가 뭘 안다고 나한테 저러는 거야. 뭘 알아.

"뭘 알아!!!!!!!!!!!!!!!!"

내가 울면서 온몸을 부들부들 떨고 있으니 학년부장쌤이 계속 말씀하셨다.

"야 이 녀석아! 3월 첫날부터 네가 한 짓을 생각 좀 해봐라. 너희 담임쌤이 얼마나 고생하셨는데 지금 이렇게 선생님을 울리고, 네가 이게 사람이 할 짓이냐? 응?"

"아, 울든 말든 그건 내 알 바 아니라고! 애초에 외출증만 끊어줬으면 됐잖아!"

'이게 아닌데. 이건 아닌데. 담임쌤이 운다고? 지금 우는 거야? 담임쌤을 울리려던 것은 아니었는데. 나는 단지 외출증만 받고 싶었을 뿐인데. 누가 지금 이렇게 말하고 있는 거야'

"저 녀석이 말하는 것 좀 보게."

뒤에서 체육쌤이 말씀하셨다.

"상윤아, 쌤이랑 잠깐 좀 나가서 바람 좀 쐴까? 그러면 마음이 좀 편해질 수도 있어. 나가자."

체육쌤이 나를 단단히 감싸 안고 밖으로 데리고 나갔다. 나가면서 보니 담임쌤 눈과 코가 빨갛다. 눈에서 눈물이 주르륵 수도꼭지를 약하게 틀어놓은 것처럼 줄줄줄 흐르고 있다.

'난 몰라. 모르겠다. 모르고 싶다. 까짓 거, 학교 그만 두지 뭐. 될 대로 되라지 뭐. 아! 근데 그러고 싶었던 건 진짜 아니다. 그냥 나는 진짜로 아빠한테 맞고 싶지 않았을 뿐이다. 그런데 일이 또 이렇게 되어버린 건지 모르겠다. 아, 누가 나 좀 구해주세요. 제발!'

문을 열고 복도로 나오니 아이들이 구름떼처럼 모여 있다가 눈치를 보며 흩어진다. 저쪽에서 희라가 팔짱을 끼고 나를 쳐다보고 있는 것이 눈에 띈다. 표정이 차갑다. 화가 단단히 났나보다. 나는 미친 것이 분명하다.

생각할수록 화가 난다. 왜 차분하게 말로 하지 못하고 매번 소리부터 지르고 욕이 나오는지 도무지 알 수가 없다. 왜 이러는 걸까? 체육쌤이 벤치로 나를 데리고 갔다. 선생님이 내게 앉으라고 말하며 팔을 푼 사이에 등나무 기둥에 주먹을 있는 힘껏 쾅쾅쾅 내려쳤다.

'부서져라. 깨져라. 이 미친 입은 어떻게 할 수 없으니깐, 이 손이라도 부려져 버려라. 뭐든 하나 부러져버려라. 마음이라도 좀 편하게'

"상윤아! 이러지 말자. 상윤아!"

체육쌤이 팔을 잡고 막는다.

"상윤아! 화가 난다고 이러면 안 되지. 물론 다른 사람에게도 그러면 안 되는 거고. 응?"

난 밥 먹다가도 화가 난다

"흑흑흑흑… 엉엉엉엉… 흑흑흑흑…….."

눈물이 흘렀다. 나는 왜 이 모양일까? 그렇게 몇 번을 후회해도 달라지는 것이 없다. 좋은 시를 외워도, 좋은 글을 베껴 써도 달라진 것이 없다.

"흑흑흑, 죽어버리고 싶어요."

"상윤아, 그렇다고 다 죽으면 이 세상에 남아있을 사람 하나도 없게?"

"저는, 흑. 흑. 흑. 제 마음 하나 제 입도 하나 어떻게 못하고, 바보 같아요."

"상윤아, 사람은 다 실수를 하고 살아. 선생님도 학교 다닐 때 사고 많이 쳤다. 안 믿기지?"

"……."

"선생님도 공부하기 싫어서, 너무 옭아매는 부모님한테 반항하고 싶어서 나쁜 짓 많이 하고 그랬단다. 그런데 시간이 지나니 철이 들고 생각도 바뀌고 행동도 바뀌더라. 상윤이도 분명 이 힘든 시기를 잘 이겨나가면 멋진 사람이 될 거야."

"근데, 자. 신. 이. 없. 어. 요."

"뭐가?"

"제가, 흑……. 뭔가를, 흑흑. 꾸준히 하거나 욕을 안 할 자신이 없다구요."

눈물이 멈추지 않아 말을 잇기가 힘들었다.

"그래. 한 번에 어떻게 되겠어. 조금씩 조금씩 하다 보면 어느 순간 너도 모르게 달라진 네 모습을 볼 수 있을 거야. 한번 믿어봐. 너를. 응?"

"근데 저 어떡해요."

"뭘?"

"담임쌤."

"봐. 벌써 후회되지?"

나는 대답 대신 고개를 끄덕였다.

"괜찮아. 네가 진심으로 반성하고 있으니 담임 선생님도 이해하실 거야. 들어가서 말씀드리자."

'진짜로 쌤이 이해를 하실까? 나한테 그런 욕까지 들었는데 정말 나를 이해하실 수 있을까?'

마음이 복잡하다. 심난하다. 게다가 아빠까지 오시면 나는 오늘 완전 초상이다. 큰일이다.

"이제 마음이 좀 정리됐어?"

"조금요."

"그럼 우리 한가할 때 점심 먼저 먹고 들어가자. 응?"

"네."

식당에서 점심을 먹고 교무실에 다시 가니 점심시간을 알리는 4교시 끝 종이 울렸다.

"자, 식사하러 가십시다."

부장쌤이 쌤들에게 말씀하셨다. 나는 담임쌤 옆자리에 조용히 앉았다. 담임쌤은 나를 쳐다보지도 않으셨다. 불안했다. 두려웠다. 나를 이렇게 영영 안 볼까 봐. 외면할까 봐. 포기할까 봐.

"박쌤! 밥 먹으러 갑시다."

"아니에요. 전 생각이 없어요. 다녀오세요."

"어유, 왜 그래요? 밥 먹고 힘을 내야지 또 상윤이랑 이야기를 하지. 얼른 일어나요. 박쌤이 안 가면 나도 안 가요."

학년부장쌤의 말씀에 담임쌤이 마지못해 일어나서 부장쌤과 사회쌤과 다 같이 나가셨다.

"상윤이 너, 반성 단단히 하고 있어라!"

학년부장쌤이 내게 한마디 날리셨다. 나는 대답 대신 고개를 푹 숙였다. 옆에 계시던 체육쌤이 내 등을 토닥여 주셨다.

"괜찮아. 잘못하면 반성하고, 안 그러려고 노력하고, 또 노력하고, 그러면 되는 거야. 알았지?"

"네."

"담임쌤 오시면 잘못했다고 말할 수 있겠어?"

"해야죠. 잘못했는데."

"그럼! 그래야지."

30분쯤 지났을까? 선생님들이 식사를 하시고 들어오셨다. 담임쌤이 자리에 앉으시더니 맨 아래 서랍에서 칫솔을 꺼내어 치약을 짜서 바르셨다. 체육쌤이 담임쌤 옆에서 내게 어서 말하라고 눈짓을 했다. 하지만, 선생님의 굳은 표정과 앙다문 입을 보니 차마 내 입이 떨어지지 않았다. 그렇게 지랄을 해놓고, 금세 잘못했다고 하는 말을 누가 믿을까? 체육쌤이 다시 눈짓을 하셨다. 나는 고개를 가로저었다.

"저기, 박쌤?"

체육쌤이 담임쌤을 보고 말을 꺼냈다. 담임쌤이 내게 등을 돌리고 체육쌤을 바라봤다.

"네?"

"상윤이가 할 말이 있대요."

"……."

"상윤아, 얼른 해봐. 아까 쌤한테 얘기했던 거. 응?"

나는 머뭇거리다 기어들어가는 목소리로 말했다.

"죄송해요."

내 말이 끝나기가 무섭게 쌤은 칫솔을 들고 손 씻는 곳으로 가버리셨다. 나는 보고 말았다. 다시 쌤의 눈에 눈물이 차오르는 것을. 내가 고개를 숙이고 미동도 없이 가만히 앉아 있으니 학년부장쌤이 다가오셨다.

"상윤아. 담임쌤도 다 아실거야. 네가 진심이 아니었다는 거. 쌤이 잘 말씀드려줄 테니 일단, 교실로 들어가렴. 아버지는 바쁘시다고 하셔서 오시지 말라고 했으니깐. 응?"

"죄송해요."

"그러니 이 녀석아. 화가 날 땐 그냥 입을 앙~ 다물어버려. 그럼 최소한 후회할 일은 만들지 않을 수 있잖아. 그치?"

"네."

"그래. 얼른 들어가 봐."

나는 고개를 숙여 인사를 하고 교무실을 나왔다. 교무실을 나오니 광석이 무리가 무슨 좋은 구경거리가 났다고 창문에 붙어서 있다가 내게로 몰려든다.

"야! 뭔 일이야?"

"꺼져."

말할 기분이 아니다. 조용히 교실을 향해 걸어가니 평소엔 나 빼고 자기들끼리 잘만 놀던 녀석들이 친한 척하면서 다들 와서 한마디씩 한다.

"왜 그랬는데?"

"누가 열 받게 했어?"

"담임이 뭘 꼬질렀냐?"

"담배 피다 걸렸어?"

"뭔 일이야? 말 좀 해봐!"

나는 아무 말도 할 수 없었다. 그저 뚜벅뚜벅 교실로 들어갔다. 뒷문을 열고 조용히 조심스럽게 들어가는데, 소곤거리던 교실이 영화를 보다 일시정지 버튼을 눌러놓은 장면처럼 순간 조용해졌다. 1월 얼음장보다 더 차가웠다. 아이들의 눈빛과 공기, 모든 것이 깨진 얼음처럼 날카로웠다. 모두 나를 향해 날이 서 있었다. 내가 머리는 나빠도 눈치는 빠르다. 이럴 땐 그저 찌그러져 있어야 한다. 없는 사람처럼.

자리에 앉자마자 엎드렸다. 양쪽 눈에서 눈물이 흘러 가운데로 모이더니 책상 위로 뚝 뚝 뚝 떨어진다. 누군가가 어깨를 툭툭 친다. 일어날 수 없다. 아니, 일어나면 안 된다. 이런 모습을 아이들에게 보일 순 없다. 목소리가 들려왔다. 희라다.

"이따 얘기 좀 하자. 각오해."

'그래, 희라야. 네가 나 좀 혼내주라. 마음껏. 내가 정신 좀 차릴 수 있게. 도무지 차려지지 않는 이 정신을 어떻게 좀 해주라. 제발'

5, 6, 7교시 연달아 엎드려 있었다. 엎드려 있어도 깨우는 쌤이 한 명도 없었다. 쉬는 시간에 아이들은 내가 들을까봐 작은 목소리로 속삭였다. 하지만 아이들이 속삭일수록 소리는 더 크게 들려왔다.

"야, 아까 담임쌤 지나갈 때 봤어? 눈이 완전 퉁퉁 부었어."

"진짜? 어떡해. 완전 불쌍해."

"그러니깐."

"7반 반장 보경이가 그러는데 6교시에 우리 쌤 수업이었는데 10분이 지나도 쌤이 복도에서 교실로 못 들어오고 계셨대. 그래서 조용히 나가보니깐 쌤이 눈이 빨갛게 부어서 계속 우시면서, 애들 조용히 자습 좀 시켜달라고 하시더래. 그래서 7반 오늘 수업도 못했대."

"어쩜 좋아. 근데 도대체 상윤이 쟤는 또 왜 그런 거래?"

"몰라. 외출증이 어쩌고저쩌고 하는 것은 들었는데, 자세한 걸 아는 사람은 아무도 없어. 그러니 무슨 일인지 모르지."

"쟤 오른손은 왜 붕대를 감고 있는 거야?"

"몰라. 또 지 성질 못 이기고 벽에 주먹을 쳤나 보지, 뭐."

"어휴. 쟤 때문에 우리 반이 이게 뭐냐? 착한 담임도 눈물바람이고, 들어오는 쌤들도 쟤 눈치보고, 우리도 눈치 보고. 진짜 완전 짜증나."

"그러게. 진짜 이건 아니다 싶다."

'나도 진짜 아니다 싶다. 그래도 이것들아. 다 들리거든? 아우! 근데 너네가 나한테 뭐 보태준 거 있냐? 응? 오늘은 내가 사고 친 게 있으니깐 참는다. 그리고 나도 내가 진짜 아닌 것 같다. 그래서 참는다'

나는 엎드린 채로 아랫입술을 이로 깨문다. 종례시간이 되었다. 평소에는 하루 동안 있었던 일들을 담임쌤이 물어보고, 아이들은 서로를 고자질해가면서 화기애애했던 종례시간이 침묵으로 가득 찼다.

"내일도 지각하지 말고 집에 조심히 가고. 상윤이는 쌤 좀 보고 가자. 다들 집에 가자!"

아이들은 소리 없이 일어나 핸드폰을 챙겨들고 조용히 담임쌤께 인사를 하고 교실을 나간다. 희라가 핸드폰을 꺼내서 자기 가방에 넣더니 갑자기 담임쌤을 부른다.

"쌤!"

힘없는 대답.

"응?"

"싸랑해요! 힘내세요!"

희라는 특유의 발랄함과 애교를 담임쌤에게 날리더니 휘리릭 교실을 나간다. 담임쌤의 눈가에 다시 눈물이 비치려고 한다. 코가 빨개지는 것이 멀리서도 보였다. 우리 쌤, 오늘 도대체 몇 번을 우냐. 몰랐다. 항상 장난치고 친절해서 우는 모습은 상상조차 하지 않았었는데. 내가 이렇게 만들었다.

죄인처럼 담임쌤의 뒤를 따라 교무실로 갔다. 선생님들은 한 분 두 분 퇴근하셨다. 나와 담임쌤 둘만 남았다.

"상윤아."

"네."

"오늘, 왜 그랬는지 쌤이 이야기를 좀 들어보자."

"……."

"교내봉사도 잘 마쳤고, 마음 고르기도 거의 마지막 단계였는데 오늘 외출중에 왜 그렇게까지 예민하게 굴었는지 아무리 생각해도 선생님이 도무지 이해가 안 돼."

쌤은 아직도 기분이 풀리지 않으셨는지 무표정한 모습에 차가운 말투로 말씀하셨다. 어색했다. 이런 식으로 말하셨던 적이 한 번도 없었는데. 그래서 불안했다.

"혼날까 봐 그랬어요."

"누구한테? 아빠한테?"

"네."

"혼나면 눈 찔끔 감고 혼나고, 앞으로 안 그러려고 하면 되지 그렇게까지 화가 나고 그랬어?"

"……."

내가 고개를 푹 숙이고 있는데 갑자기 선생님이 교복 와이셔츠 칼라 부분을 만지셨다.

"잠깐만."

"네?"

"잠깐만 가만히 있어 봐. 이거, 멍 아니니?"

쌤이 내 목 뒤에 든 멍을 보셨나 보다. 거기까지 멍이 든 지도 몰랐

난 밥 먹다가도 화가 난다

는데 2주나 되었는데 아직도 멍이 다 가시지 않았나 보다.

"이거 어떻게 된 거야?"

"넘어져서 다친 거예요."

"말이 되니? 넘어져서 여기가 멍이 들 정도면 머리가 깨지든지 뭔가 크게 다쳤어야 하는데 잠깐만, 너 팔 좀 걷어봐."

"왜요?"

"잠깐 팔꿈치까지 걷어봐."

나는 머뭇거렸다. 이 일이 또 어떻게 흘러갈지 예측할 수 없으니 불안하기 짝이 없었다.

"여기도 멍이 있잖아. 이거 다 뭐야?"

"아무것도 아니에요."

"얼른 말 해봐. 무슨 멍이냐고. 응?"

"친구들하고 싸웠… 아니, 솔직하게 말해도 누구에게도 말씀 안 하신다고 약속해 주실 수 있으세요?"

"응. 약속 할 테니 말해봐."

"진짜죠?"

"그래, 진짜야."

"아빠한테 맞은 거예요."

"뭐라고? 아빠한테 이렇게 심하게 맞았다고? 언제?"

"저번에요. 수학쌤한테 욕하고, 학교에서 집으로 전화 온 날이요."

"그렇다고 이렇게 때려? 어머나 세상에 상윤아, 너 이렇게 자주 맞니?"

담임쌤 목소리가 갑자기 커졌다.

"아니에요. 진짜 아니에요. 그냥. 제가 잘못했을 때만 정신 차리라고 하시는 거지 시도 때도 없이 때리시는 건 진짜 아니에요."

"확실해?"

"네."

"근데 안 무서웠어?"

"뭐가요?"

"아빠한테 맞을 때 말이야. 안 무서웠냐고."

"무섭긴 했는데 괜찮아요. 다 제가 잘못해서 그런 거고, 잘못하지 말라고 훈계하시는 거라서."

"언제부터 맞은 거야?"

"정확히는 모르겠어요. 초등학교 5, 6학년 정도 때부터였던 것 같기도 하고, 근데 좀 세게 맞기 시작한 것은 중학교 들어와서부터예요."

"왜?"

"저도 잘 모르겠는데, 초등학교보다는 아무래도 중학교 때 제가 막 나가니까 쌤들이 집에 전화도 자주 하고, 엄마가 스트레스 받고, 술 마시고 울고, 그러면 또 아빠는 화가 나서 저를 때리시고 뭐 그런 거예요."

선생님은 잠깐 동안 아무 말도 하지 않으셨다.

"그래서 오늘도 아빠한테 인증샷 안 보내면 맞을까 봐 무서워서 그랬던 거니?"

"네."

난 밥 먹다가도 화가 난다

"선생님한테 사실대로 말하지 그랬어? 그래서 그랬다고. 상윤아, 말하지 그랬어."

담임쌤이 눈물을 글썽이시면서 내 손을 잡고 말씀하시니 나도 갑자기 코끝이 시큰거렸다.

"어떻게 말해요. 쌤들도 많은데 말 못하죠. 그리고 괜히 말했다가 경찰에 신고라도 해서 우리 아빠 잡아가면 어떻게 해요. 그래도 우리 아빠데요."

"언제 신고했던 적이 있었어?"

"네. 초등학교 때요. 그래서 며칠 동안 아빠가 집에 못 오시고 아……. 암튼 되게 복잡했어요. 아빠가 얼마나 불쌍했는지 그때 제가 괜히 말을 해가지고 엄청 후회했어요. 아빠 다 저 잘 되라고 사람 되라고 때리신 것뿐인데."

한참을 생각하시더니 담임쌤이 조심스럽게 물으셨다.

"저기 혹시 말이야."

"네."

"아빠가, 혹시 엄마도 때리시니?"

"네?"

"말하기 곤란하면 대답 안 해도 돼."

"술 드시고 두 분이 싸우실 때요. 뭐 그리 자주는 아니고요."

"그렇구나. 상윤아, 쌤이 너를 더 잘 알았더라면 오늘 같은 일이 없었을 텐데 미안하다."

"아니에요. 제가 죄송했어요. 후회했어요."

"그래. 앞으로 우리 약속 하나만 하자."

"무슨 약속요?"

"너한테 일어나는 모든 일, 선생님한테 다 이야기하기. 힘든 거, 슬픈 거, 아픈 거, 다 할 수 있겠어?"

"네."

"그리고, 아빠한테 솔직해지는 거. 아빠한테 혼날까 봐 잘못한 거 숨기고 이런 거 하지 않기. 이건 차차 쌤이 아빠하고 상담 좀 하고 난 뒤에. 알겠지?"

"네."

"또 한 가지. 좀 많지?"

"네."

"선생님이 상담쌤께 의뢰해 놓을 테니까 정기적으로 상담받기. 할 수 있겠어?"

"네."

"그래. 상윤이가 행복해지기 위해서는 상윤이도 상윤이 부모님도 모두 노력해야 할 것 같다. 물론 좀 힘들긴 하겠지만 해보자. 응?"

"네."

"그래. 오늘 일은 걱정하지 마. 선생님이 아빠와 통화해서 잘 말씀드릴게. 걱정하지 말고 집으로 가. 알겠지?"

"네."

"그래. 내일 보자. 진짜로 늦지 말고, 응?"

"네. 안녕히 계세요."

난 밥 먹다가도 화가 난다

교무실을 나서는데 뭔가 마음속에 있던 그 수많은 돌탑의 돌 몇 개를 덜어낸 것 같은 느낌이 들었다. 그런데 정말, 이렇게 이대로 집에 가도 괜찮을까? 불안하고 걱정되는 것은 어쩔 수 없다.

11

나의 병은 분노조절장애

얼마 전부터 학교 상담실에 다니기 시작했다. 수업이 빨리 끝나는 화요일과 목요일마다 상담실에서 상담쌤과 이런저런 이야기를 나눈다. 상담쌤은 어떤 때는 엄마처럼 어떤 때는 누나처럼 어떤 때는 친구처럼 나를 대해주신다. 아, 모든 쌤들이 상담쌤 같다면 얼마나 좋을까! 우리 담임쌤도 쫌 좋긴 하지만 말이다.

상담실에서 이상한 검사 같은 것을 두 번 했는데 상담쌤이 그 결과를 보시고는 내가 어렸을 때부터 공부를 안 해서, 기초학습이 많이 딸린다고 하셨다. 그리고 이해하는 능력도 쫌 떨어진다고 하셨다. 아우~ 이런 걸 이렇게 대놓고 말하다니. 직썰(1)의 대마왕이다. 그건 나도 어느 정도는 잘 알고 있었지만 막상 대놓고 들으니 기분이 썩 좋지는 않았다. 선생님들 말씀이 하나도 이해가 안 되니 그거야 당연한 사실이

난 밥 먹다가도 화가 난다

겠지. 그래서 지금부터라도 초등학교 과정부터 기초를 다져야 한다고 한다. 근데 그건 레알 진심 쪽팔려서 못하겠다. 어떻게 중3이 초등학교 과정을 배운단 말인가.

상담쌤이 담임쌤한테 말씀을 드렸는지 담임쌤은 교과부진 수업을 들으라고 하셨다. 대박 킹왕짱 싫다.

"아, 쌤! 진짜 그건 아닌 것 같아요!"

"왜?"

"아, 쪽팔리잖아요!"

"너보다 성적 좋은 애들도 이 수업 많이 들어. 그러니까 국어하고 수학만 들어."

"아, 진짜 싫다고요."

"그래? 이상하다. 달라진다고 했던 것 같은데?"

"아, 쌤! 제발요~!"

"제발 쌤이 부탁하자, 응? 이 수업 잘 마치면 쌤이 너 먹고 싶은 거 다 사줄게."

"진짜요?"

"응. 진짜로 약속!"

"약속하신 거예요!"

"그렇다니깐! 그러니까 방과 후에 교과부진 수업 잘 들어야 해. 알겠지?"

"네."

"지금부터 차근차근 해보자. 늦었다고 생각할 때가 가장 빠르다고 하잖아, 그치?"

"네."

이제부터 본격적인 지옥의 시작이 분명하다. 수업시간도 모자라서 방과 후까지 공부라니. 이 공부는 도대체 누가 왜 만들었단 말인가. 아니, 월·수·금은 교과부진 수업, 화·목은 상담, 도대체 나를 가만히 쉬게 두질 않는다. 이상윤 인생 폭망했다. 맙소사.

며칠 후 상담쌤이 두 번째 검사결과지를 들고 한참을 들여다보시더니 말씀하셨다.

"상윤아."

"네?"

"저번에 했던 검사결과를 보니, 아무래도 네가 분노조절장애가 있는 것 같아."

"네? 그게 뭔데요?"

"분노가 제대로 조절이 안 된다는 거지."

"근데 거기에 장애가 왜 붙어요? 제가 장애인이라는 말이에요?"

"아니. 그런 뜻이 아니라 어려움이 좀 있다는 뜻이야."

"말도 안돼요! 제가 무슨!"

"어? 지금 또 설마 화가 나고 있는 중이야?"

"아니에요! 제가 무슨 분노조절장애예요!"

"가만히 생각해 봐. 그동안 너에게 있었던 일들을."

"……."

난 밥 먹다가도 화가 난다

"다른 친구들도 그런 상황에서 다 욕하고 싸우고 그러진 않지?"

"네. 뭐~~."

"근데, 상윤이 너는 그렇게 하고 싶지 않아도 너도 모르게 이미 욕을 하고 싸우고 있잖아. 그치?"

"네."

"너 저번에 쌤하고 얘기할 때 그랬지?"

"뭘요?"

"너는 안 하고 싶은데 네 안에서 부추기는 목소리가 들리고 정신이 안 차려지는 순간이 있다고 말이야."

"네."

"그래, 그런 것은 네가 원해서가 아니라 어떤 호르몬의 문제일 수도 있고, 감정을 조절하는 뇌의 어떤 부분에서 약간 이상이 생겨서 그럴 수도 있어. 그래서 쌤 생각에는 네가 전문 기관에 가서 진단도 해보고 치료도 받는 것이 좋을 것 같은데, 어때?"

아니, 나는 그냥 기분이 나빠서 그러는 것뿐인데 이걸 또 무슨 전문 기관으로 가서 진단을 하고 치료까지 받으라고 하는 건지 이해가 되질 않는다. 뭔가 일이 복잡하게 돌아가는 것 같은 느낌이 들어서 또 짜증 이 확 밀려온다.

"아이, 싫어요! 제가 무슨 병신도 아닌데 병신 취급을 하세요!"

나는 나도 모르게 책상을 주먹으로 쾅 내리치고 말았다. 상담쌤은 내 눈을 가만히 들여다보시더니 미소를 짓고 말씀하셨다.

"아니야 상윤아, 쌤이 설마 너를 그렇게 취급하겠어? 너도 잘 알면서 그런 말을 하고 그래? 네 생각이 그렇다면 억지로 강요할 순 없어. 근데, 쌤 생각에는 한 번쯤은 점검해보는 것도 좋을 것 같아서 그러는 거야. 그러니 차분하게 좀 생각해봐. 알겠지?"

나도 모르게 또 말이 세게 나가고 말았다. 갑자기 쌤에게 미안한 생각이 든다. 진짜 내가 분노조절장애인가 싶은 생각이 저 속에서 스멀스멀 피어오른다.

"네. 생각해 볼게요."

집에 와서 엄마에게 상담쌤이 했던 이야기를 했다.

"엄마! 상담쌤이 나보고 분노조절장애? 뭐 그런 거 검사를 좀 해보라고 하더라고요."

"분노조절장애?"

"응."

"그걸 어디에서 검사를 한대?"

"몰라요. 뭐 전문 기관인가 뭔가 뭐라 뭐라 하던데 잘 모르겠어."

"그럼 한번 해보자!"

"해보라고?"

엄마가 별다른 말도 없이 바로 해보라고 하는 것이 이상했다.

"응."

"왜?"

"담임쌤한테 연락받았거든. 그리고 엄마도 궁금하다. 한 번 해보는 것도 나쁘지 않을 것 같아."

상담쌤이 담임쌤한테 먼저 말씀드렸나 보다. 엄마가 쉽게 병원 가자는 이유가 있었군.

"아니! 화나게 하니까 화를 내는 거지, 뭘 그걸 갖고 검사까지 해?"

"그냥 해 보자. 엄마는 했으면 좋겠다."

엄마는 피곤하다는 듯이 머리카락을 뒤로 쓸어 넘기면서 화장실로 들어가셨다. 엄마가 반대할 줄 알았는데 막상 하라고 하니 괜히 말을 꺼냈다는 생각이 들었다.

'쫌 귀찮기는 한데 그냥 해 봐? 진짜 귀찮은데. 해 봐야 하나?'

토요일 아침 일찍부터 엄마가 깨웠다.

"얼른 일어나! 병원 가자!"

"아이 진짜~ 왜 깨워!"

"오늘 병원 가기로 한 날이잖아!"

"무슨 병원! 나 안 아파~! 잠 좀 자게 쫌! 쫌!!!"

"얘가 왜 이래? 빨리 일어나! 검사 받으러 가자고!"

아이코, 내가 괜히 간다고 했다. 학교를 빼먹고 가는 거라면 대환영이지만, 하필 이렇게 늦잠 잘 수 있는 토요일 아침부터 병원에 가야하다니! 이게 진짜 실화냐.

엄마와 버스를 타고 일곱 정거장 쯤 가서 내려 도착한 곳은 '00정신건강의학과'라는 간판이 내걸린 건물의 앞이었다.

'정신건강의학과? 정신건강을 봐준다는 건가?'

"얼른 올라가~!"

"알았어!"

2층으로 올라가서 병원 문을 열고 들어가니 예쁜 여자쌤 둘이 접수대에 앉아 있었다. 안내를 받아서 의사 선생님이 계시는 방으로 들어갔다.

"어서 오세요."

흰머리가 많이 난, 키가 작아 보이는 남자 선생님이 컴퓨터 앞에 앉아 계셨다.

"상윤이라고?"

"네."

엄마와 나는 의사쌤의 맞은편에 앉았다.

"상담 선생님께 이야기를 들어서 너에 대해 조금은 알고 있단다. 편안하게 네 이야기를 그냥 들려주면 돼. 할 수 있겠어?"

나는 잠깐 엄마 얼굴을 살폈다. 엄마는 자기가 병원에 가자고 해놓고 숙제 안 해 와서 쫄아 있는 학생 같은 표정을 하고 앉아있었다.

"상윤이 어머님은 잠깐만 밖에서 기다려주시면 좋을 것 같습니다."

"아… 네, 선생님."

엄마가 나가고 의사쌤과 한참 동안 이야기했다. 처음 보는 사람인데도 이상하게 말이 술술 나왔다. 의사쌤이라 그런지 내가 대답을 다 하도록 질문을 잘 하는 것처럼 느껴졌다. 아니, 어쩌면 나도 내가 왜 그렇게 자주 화가 나고 그러는지 궁금해서 물어보시는 것에 모두 다 솔직하게 대답을 잘했던 것 같기도 하다. 이야기가 끝나고 나니 무슨 검사를 해봐야 한다면서 밖에 있는 여자 쌤들께 가라고 하셨다.

내가 여자 쌤들이 주시는 종이 뭉치를 받아서 읽고 체크하는 동안(체크하는 것도 정말 많았다) 엄마는 의사쌤을 만났다. 검사가 끝나고 나서 음료수를 마시며 기다리고 있으니 엄마도 진료실에서 나왔다. 그런데 엄마 눈이 빨갰다.

'울었나? 아니 쪽팔리게 아무데서나 울고 난리야 진짜. 또 뭔 소리를 한 거야 대체'

또 짜증이 난다. 엄마는 틈만 나면 우는 것 같다. 아니, 강하게 살아야지 응? 왜 저렇게 자꾸 우냔 말이다. 그러면서 나한테 뭐라고 하면 내가 말을 듣겠냐고. 진짜 답답하다.

한참 동안 엄마와 소파에 앉아 있었다. 잠시 후 보조개가 들어가는 모습이 예쁜 선생님이 진료실로 들어가 보라고 하셨다.

"어머님! 상윤이 검사 결과를 보니, 분노조절장애가 맞는 것 같습니다."

"그래요? 그럼 어떻게 해야 하는 건가요?"

"네. 분노조절장애는 여러 가지 요인이 있어요. 환경적인 요인도 있고, 유전적 요인, 혹은 신경학적 요인도 있지요. 특정하게 어느 한 가지 요인만 놓고 보긴 어려워요. 상윤이 같은 경우, 뇌신경학적 요인과 환경적 요인이 합쳐져서 조절 능력을 잃어버린 상태로 보입니다."

"그러면 이것도 병이라는 건가요?"

"네. 그래서 치료를 해야 합니다. 보통 증상이 가벼우면 심리 상담만으로도 치료가 가능한데, 상윤이 같은 경우는 심리 상담과 약물치료를 병행해야 할 것 같습니다."

"약을요?"

"네."

"그렇군요."

엄마는 고개를 숙이고 한숨을 쉬었다. 내가 무슨 암 선고를 받은 것도 아닌데 왜 저러나 싶다. 나는 내가 화가 나고 감정조절이 안 되는 게 내가 나쁜 놈이어서 그런 게 아니라 병이라고 하니깐 차라리 안심이 되는데 말이다. 뭐, 약 먹고 치료하면 되지 그까짓 게 뭐가 어렵다고.

"상윤아!"

의사쌤이 포근해 보이는 미소를 지으며 나를 불렀다.

"네?"

"약 잘 먹니?"

"뭐, 잘 먹죠. 애도 아닌데."

"그래. 이 약은 먹었다 안 먹었다 그러면 별 효과가 없어. 꾸준히 6개월 이상 먹고 상담도 계속 받아보자. 할 수 있겠어?"

"네."

"그리고, 상윤이 어머님."

"네?"

"어머님도 상담치료와 약물치료를 같이 병행해야 할 것 같습니다. 아까도 말씀드렸지만 우울증이 지금 심각한 상태예요. 그리고 어려우시더라도 다음에는 아버님도 함께 방문하시는 것이 좋을 것 같습니

난 밥 먹다가도 화가 난다

다.”

나는 깜짝 놀라 물었다.

“아빠는 왜요?”

아니, 온 식구를 다 출동시키는 이유는 또 뭔지 궁금하다. 여기 순전히 돈 벌려고 사람들 불안하게 만드는 사기꾼들 아닐까?

“응. 아버지가 상윤이의 감정조절에 영향을 끼친 것일 수 있거든. 그래서 아버지와 이야기해 보고, 필요하다면 치료도 해야 할 것 같단다.”

“아니, 이건 뭐 우리 식구가 다 환자 같잖아요. 쪽팔리게.”

“아니지. 상윤아 이건 부끄러운 게 아니란다. 감기에 걸리면 사람들이 다 병원에 가는 것처럼, 마음이 아프고 행동을 잘 못 고치는 경우에도 병원에 다니는 것은 당연한 일이야. 얼른 나아서 모두가 행복하게 건강하게 살아야지. 안 그래?”

“네. 그렇긴 한데, 그래도.”

내 말이 떨어지기가 무섭게 엄마가 또 질문을 했다.

“저기 선생님, 병원에는 얼마나 자주 와야 할까요? 애들 아빠가 일하느라 시간 내기가 어려운 사람이라, 저도 그렇고요.”

“일단 어머님과 상윤이는 일주일에 한 번씩 만나고, 아버님은 일단 한번 뵌 후에 결정하는 것이 좋을 것 같습니다.”

“네. 알겠습니다. 오늘 제 얘기 들어주신 것만으로도 많이 위로가 되었던 것 같아요.”

엄마의 말에 의사쌤이 활짝 웃으면서 대답하셨다.

“네. 그러니 편안한 마음으로 오세요. 아셨죠?”

"네."

"상윤이도 빠지지 말고 오자. 학교에서도 상담실에 잘 가고. 알았지?"

"네."

대답을 하고 병원 문을 나섰지만, 황금 같은 토요일 오전을 이렇게 병원에 오는 데 시간을 써야 한다고 생각하니 아찔했다. 늦잠도 못 자고 게임도 못하고 아! 괴롭다. 그냥 못한다고 할 걸 그랬나? 벌써부터 후회막급이다.

벌써 병원에 다녀온 지 일주일이 지났다. 오늘은 아빠차를 타고 온 식구가 병원에 왔다. 처음에 아빠는 자기까지 왜 병원에 가야하냐고 펄쩍펄쩍 뛰었는데, 엄마가 한 번만 가주면 더 가자고 하지 않는다면서 사정을 해서 겨우 함께 오게 되었다. 병원 오는 게 뭐 그리 힘들다고 버티는지 진짜 우리 아빠지만 대단하다 싶었다. 튕기는 것도 정도가 있지. 내가 속이 타서 죽을 뻔 했다.

진료실 문을 열고 들어가니 의사쌤이 반갑게 맞이해 주신다.

"아이쿠! 어서 오세요. 상윤이도 어서 오렴."

엄마는 조심스럽게 한쪽에 앉으면서 아빠 눈치를 본다. 아빠가 어색하게 쭈뼛거리며 서 있으니 의사쌤이 엄마 옆자리에 앉으시라고 하신다.

"바쁘시다고 들었는데, 시간 내주셔서 감사합니다."

"아유, 아닙니다. 자식 일인데 시간을 내야죠."

'뭐지? 저 반응은? 안 온다고 쨀려고 할 땐 언제고?'

아빠는 가만히 보면 다른 사람들 앞에서는 완전 순진한 척이다.

"상윤이 아버님."

"네?"

"들으셨는지 모르겠지만, 상윤이가 지금 치료를 받아야 할 정도로 분노조절장애가 심하고, 어머님의 우울증도 심합니다. 그래서 아버님도 뵙자고 한 거구요."

"아, 네."

아빠는 갑자기 고개를 숙이고 자기 잘못이라도 되는 것처럼 목소리가 작아졌다.

"아버님."

"네?"

"많이 힘드셨죠?"

"네?"

"그동안 살아오시느라 많이 힘드셨죠?"

아빠가 고개를 푹 숙이더니 아무 말도 안 했다. 왜 저러나 싶어 나는 고개를 살짝 더 숙여서 아빠를 살폈다. 아빠의 몸이 가볍게 흔들리고 있었다.

'뭐지?'

"흑흑흑."

'뭐야? 우는 거야?'

아빠가 울고 있었다. 의사쌤이 별 말도 안 했는데, 그냥 '힘드셨죠?'라고 한마디 한 것뿐인데 아빠가 운다. 왜 우는지 모르겠다. 그렇게 힘도 세고 거칠게 나를 때리곤 하던 아빠가. 그렇게 강하던 아빠가 왜 난생 처음 보는 사람 앞에서 이렇게 울고 앉아있는 거지? 왜? 마음 복잡하게 왜들 이러는지 모르겠다.

"아버님. 충분히 힘드셨을 것 같아요. 아버님이 살아오신 이야기, 힘드셨던 이야기 아무것이라도 좋으니 그냥 편하게 들려주실 수 있으시겠어요?"

아빠는 소매로 눈물을 훔치고 한참을 머뭇거리다가 침을 한번 삼키더니 이야기를 시작했다.

"제가 5남매 중 셋째로 태어났습니다. 아버지가 시골에서 농사를 지었는데 농사가 잘 안 됐어요. 항상 쪼들리게 살아왔죠. 그래서 그런지 술을 자주 드셨어요. 술을 드시면 동네 사람들하고 싸우고, 집에 들어오면 또 어머니하고 싸우고, 어머니를 때리고, 말리는 저희 형제들도 때리고. 어머니가 많이 힘이 드셨던지 아래 동생 둘을 데리고 집을 나가버렸어요. 그때가 초등학교 3학년쯤 되었으려나요. 그때부터 아버지와 형들 둘, 이렇게 남자 넷이 살았어요. 남자들만 있는 집이 얼마나 살만 했겠습니까? 먹는 것도 그렇고 입는 것도 그렇고 뭐 하나 제대로 돌아가는 것이 없었어요. 그렇지 않아도 잘 마시던 술을 어머니가 나가고 나서는 날마다 입에 달고 사셨지요. 날마다 취해 있었던 것 같아요, 아버지가. 지금 생각하면 항상 불안했던 것 같네요. 밥 먹다가 복스럽게 먹지 않는다고 갑자기 숟가락이 날아오기도 하고 상을 엎기도 하고, 어느 순간에 맞게 될지 모르니 항상 긴장을 하고 살았어요. 그래도 내가 말을 안 들어서 그런 거니 말을 잘 들어야겠다, 안 그러면 아버지까지 우리를 버리고 집을 나가버릴 수도 있겠다. 그런 생각이 들었지요. 대문은 항상 열어놓고 살았어요. 자는 동안 어머니가 돌아오지 않을까. 그러면 어머니가 해주는 따뜻한 밥상에서 밥을 먹을 수 있지는 않을까. 근데 왜 어머니는 나는 안 데리고 갔을까. 어머니가 동생들하고 집에 돌아와서 온 식구가 둘러앉아서 웃으면서 밥 먹는 것이 꿈이었어요."

"흑흑흑흑……."

아빠가 이야기를 하는데 옆에서 엄마는 손수건까지 꺼내 들고 울기 시작한다. 나도 누군가 심장을 주먹으로 쥐었다 폈다 하는 것처럼 아프고 저려온다. 코가 찡해지더니 눈물이 또르르 흐른다. 얼른 손등으로 눈물을 훔친다.

아빠한테도 나같이 어린 시절이 있었다는 것이 이상하다. 상상이 안 된다. 거기에다 초3때부터 엄마가 없었다니 어떻게 살았을까 불쌍하다. 나는 할머니가 아빠가 어른이 된 후에 돌아가신 줄 알았는데……

"고등학교까지 그렇게 살았어요. 아버지 눈치, 형들 눈치 보면서. 사람답게 살아야겠다는 생각을 하면서 살았어요. 그러면서 다짐했죠. '얼른 결혼해서 나는 좋은 가정을 만들어야겠다고요. 근데 결혼을 했는데 제가 생각했던 것 같은 좋은 가정이 안 만들어지네요. 애 엄마는 항상 우울하고 쳐져 있고, 아들은 사고치고, 일은 힘들고, 몸은 아프고. 무슨 인생살이가 이렇게 고달프냐 싶은데, 그런데 다들 이렇게 살잖아요. 안 그렇습니까 선생님?"

"네. 아버님 말씀 들으니 그동안 얼마나 힘들게 사셨을지 충분히 짐

작이 됩니다. 정말 고생 많으셨어요, 아버님. 애쓰셨어요. 그렇게 힘들게 사시면서도 이렇게 일도 열심히 하시고 가정도 꾸리시며 사시는 모습이 멋지십니다."

"다 이렇게 사는 거죠, 뭐."

아빠는 의사쌤의 말씀에 쑥스러운지 얼굴이 빨개졌다.

"그런데, 아버님."

"네."

"아버님도 술 많이 드시나요?"

"술이요? 많이는 아니고, 힘들거나 스트레스 받으면 마십니다."

"네. 술을 드시면 나오는 특별한 주사가 있으실까요?"

"아……. 저……."

"솔직히 말씀해주셔야 가족 모두에게 도움이 됩니다."

"네. 제가 술을 먹으면 말이 많아지고, 또 상윤이가 하나뿐이다 보니 바른 길로 가라고 좀 때립니다. 애들은 맞아야지 정신을 차리고 똑바로 살잖아요?"

"음, 아버님. 아버님께서 조금 전에 말씀하셨죠? 상윤이 할아버지께 맞으실까 봐 늘 불안하고 걱정되셨다고요."

"네. 그랬죠."

"상윤이도 지금 마음 상태가 똑같습니다. 아버님, 아무리 교육적인 차원이라고 해도 그렇게 때리시는 것은 상처가 되지요."

"…… 그런가요?"

"네. 아버님. 괜찮으시다면 아버님도 함께 상담을 좀 받으시고 치료

난 밥 먹다가도 화가 난다

를 하시면 좋을 것 같은데 어떠신가요?"

"제가 뭘 치료를 받아야 하나요?"

"아버님도 역시 성장 과정 동안 쌓여 있는 상처가 많습니다. 그 상처들이 어른이 되면서 다양한 방식으로 표출이 되고 있거든요. 그런 것을 찾아서 상담을 통해 치료하는 과정이 필요합니다. 어느 한 사람만 치료한다고 되는 것이 아니라, 이런 경우에는 가족이 모두 치료를 받도록 권장하고 있습니다."

"제가 일 때문에 자주 못 와도 괜찮을까요?"

"매주 못 오시면 2주에 한 번씩이라도 꾸준히 빠지지 않고 오시면 좋을 것 같습니다. 아버님의 의지가 중요합니다."

"네. 노력… 해보겠습니다."

병원에 오기 전에 오늘 딱 한 번만 인심 쓰듯이 와준다고 했던 아빠가 이렇게 꾸준히 상담을 받으러 오겠다고 약속까지 할 줄은 몰랐다. 다행이다. 나는 나만 아픈 줄 알았는데, 나만 마음이 괴롭고 힘든 줄 알았는데 엄마, 아빠와 같이 병원에 와보니 진짜 아픈 사람은 우리 엄마, 아빠였구나 싶은 생각이 들어서 마음이 많이 아프다. 나만 아프다고 떼쓰고 사고치고 징징거렸던 것 같다. 엄마 아빠는 저렇게 힘들게 살아왔는데 나는 뭐가 잘났다고 부모님 속이나 상하게 하며 살아왔나 싶어서 부끄러운 생각이 든다.

이제부터라도 진짜, 말로만이 아니라 진짜로 사람답게 살고 싶다. 엄마 아빠한테 달라진 모습을 보여드리고 싶다. 그래서 엄마 아빠가 나 때문에 웃는 모습을 보고 싶다. 나 때문에 다른 사람들한테 죄송하다고 말하고 굽실거리는 모습이 아니라, 나를 보면서 기뻐서 웃는 모습을 보고 싶다. 진짜다. 이건 레알 진심이다.

난 밥 먹다가도 화가 난다

12.

될지 모르겠지만 달라지기로 했다

종례가 끝나고 나니 담임쌤이 부르셨다.

"상윤아! 상담 받으러 다닌다면서?"

"아, 네."

"어때? 마음은 좀 편해졌니? 쌤이 보기엔 요즘 아주 잘 하고 있는 것 같은데."

"모르겠어요. 병원에서 준 약도 먹고 있거든요. 그래서 그런지는 모르겠는데 아침에 일어나면 원래는 항상 짜증나고 화나고 그랬는데, 기분도 좋고 마음도 가볍고 그래요."

"그래? 정말 다행이네. 꾸준히 치료 잘 받아서 즐겁게 살았으면 좋겠다. 그치?"

담임쌤이 입 꼬리를 올리며 활짝 웃으면서 말씀하신다.

"네."

나도 덩달아 미소가 지어진다.

"저번에 마음 고르기 프로그램 중에서, 한 가지가 남았어. 자서전 쓰기인데, 학생부 선생님께서 선생님이 국어 과목이기도 하고, 담임이라고 내게 부탁하시더라. 그래서 그건 선생님이랑 해볼 거야."

"네. 근데 자서전이 뭐예요?"

"자서전은 자신의 일생에 대해서 쓴 글이야."

"네. 그거 막 대기업 회장님들, 이런 사람들이 쓰는 거 아니에요?"

"맞아. 그런 분들이 자기를 자랑하고 싶어서 쓰기도 하지."

"근데 제가 이런 걸 왜 써요?"

"자서전을 쓰면서 자기의 삶을 한 번 돌아보는 거야. 내가 어떻게 살아왔나, 무슨 생각을 했나, 언제 마음이 아팠나, 언제 행복했나 등등. 선생님이 종이를 줄 테니 여기에 네가 생각나는 가장 어렸을 때의 일부터 지금까지 살아온 이야기를 다 써봐. 힘든 이야기도 좋고, 행복했던 기억도 어떤 이야기도 좋아."

"근데 두 장이나 써요? 저 글 잘 못쓰는데."

"차분하게 쓰다 보면 두 장도 모자랄 걸? 네가 쓸 수 있는 만큼만 써봐. 알겠지?"

생각만 해도 뒷골이 당기고 머리가 흔들흔들 지끈거리는 것만 같아서 못하겠다고 하고 싶지만, 어쩌겠나, 지은 죄가 있으니 할 수밖에.

"네."

내 대답에 담임쌤은 다행이라는 듯 밝게 웃으며 말했다.

난 밥 먹다가도 화가 난다

"어이쿠! 이뻐라. 아마 좋은 시간이 될 거야. 응?"

"네."

집에 와서 책상 앞에 앉았다. 책상은 옛날부터 있었지만, 이렇게 뭔 가를 하면서 앉아있는 것은 처음이다. 게임할 때를 제외하고 말이다. 담임쌤이 주신 종이를 놓고 가만히 생각해봤다.

'도대체 뭘 써야 하는 거야? 그래도 두 장은 너무했다'

'아, 놔, 진짜. 쌤플이라도 좀 주라고 할 걸 그랬네'

'이런 거 인터넷에 나와 있나?'

'그래도 내 인생을 써야 하니까 베낄 수도 없고'

슬슬 짜증이 막 오라오려고 하는데 문자가 왔다. 담임쌤이었다.

👎 쓰기 싫다고 짜증내지 말고, 차분히 너의 인생을 돌아보고 써봐. 기대 만빵임^^♥

아, 진짜 또 뭐야 이건. 내 방에 CCTV를 달아났나? 어디서 보고 있 는 것처럼 문자를 보내고 그러냐? 무섭게.

아무것도 쓰지 못하고 있다가, 늦게 자면 늦잠을 자게 될 것 같아서 일단 쓰고 봤다. 처음은 힘들었는데 쓰다 보니 뭐, 나도 모르는 글재주 가 나한테 있는 건 아닌가 뭐 그런 생각이 좀 들었다.

나는! 나는, 2003년에 태어났다. 우리 가족은 엄마와 아빠와 나, 셋이다.

'내 이야기 쓰라고 했는데 엄마, 아빠 이야기가 들어가도 되나? 모르겠다'

내가 기억하는 내 모습은 내가 여섯 살 때인가? 유치원에 있는데 엄마가 안 데리러 와서 막 울었던 것 같다. 근데 선생님이 처음에는 달래다가 계속 울음을 안 멈추니깐 혼내고 등짝을 때렸다. 시끄럽다고. 그래서 나는 선생님 손을 물어버렸다. 그랬더니 선생님이 내 허벅지를 꼬집었다. 예쁜 구석이 한 군데도 없다면서. 선생님이 미워서 빨리 집에 가고 싶었는데 완전 늦게 나를 데리러 온 엄마 입에서 술 냄새가 났다. 엄마를 밀쳐버렸다. 너무 미웠다. 그날 밤 아빠한테 맞았던 것 같다. 그때 아빠의 손바닥이 얼마나 크게 보였는지 손이 내 얼굴로 날아올 때 괴물이 날아오는 것 같았다. 그날 밤은 꿈에서도 울었다. 그리고 초등학교 들어가서 내가 글을 못 읽고 글씨도 제대로 못쓰니깐 짝꿍이 '바보'라고 놀려서 나는 짝꿍 얼굴을 때려버렸다. 근데 소리가 완전 크게 나서 깜짝 놀랐다. 짝꿍이 울었다. 나는 선생님한테 혼나고, 집에 와서 내 손바닥보다 열 배는 더 큰 것 같은 아빠의 손바닥으로 또 맞았다. 그리고 초등학교 3학년 때도 짝꿍이랑 싸우고, 지금 중3까지 거의 항상 친구들이 뭐라고 하면 화를 못 참고 때리거나 욕을 해버렸다. 욕을 하니깐 애들이 나를 안 건드렸다. 그래서 신기했다. 좋기도 했다. 나를 무시하지 않으니까. 쓰다 보니 맞은 것만 썼는데, 이제 행복한 것을 적어보자면 나는 엄마, 아빠랑 고깃집에서 고기 먹을 때가 제일 좋다. 고기 먹으면서 아빠가 술을 안 마실 때가 좋다. 술을 마시면 아빠의 스트레스가 쌓인 게 올라와서 물건을 던지거나, 내가 잘못하면 때리기 때문이다. 지금 쓰면서 생각해보니깐 나도 스트레스를 많이 받으면서 살아온 인생 같다. 공부 못한다고 무시하고, 자기랑 다르다고 무시하고, 말 안 듣는다고

나 밥 먹다가도 화가 난다

무시하고, 항상 이런 사람들 사이에서 사느라고 스트레스를 많이 받았던 것 같다. 그래서 지금 내가 이 모양 이 꼴인가 하는 생각도 든다. 근데, 에디슨도 바보라고 학교에서 안 받아줬는데 훌륭한 사람이 됐다고 했다. 나도 지금부터라도 뭐라도 하면 그래도 무시는 안 받고 살 수 있을지도 모른다는 생각이 든다.

아, 이 이상은 도저히 못 쓰겠다. 근데 에디슨 이야기 쓴 건, 내 최고의 문장 같다. 와! 이걸 진짜 내가 썼단 말이지? 놀랍다. 우하하하! 근데 내가 써놓은 글을 다시 한 번 읽어보니, 좀 불쌍한 것 같은 생각이 드는 건 뭐지?

'뭐냐 이게. 맞고, 때리고, 욕하고, 완전 깡패가 따로 없네'

갑자기 눈물이 난다. 종이 위로 눈물이 한 방울 한 방울 툭툭 떨어진다.

'아이, 진짜 요새 왜 이러냐. 자꾸 눈물이나 질질 짜고'

마음이 이상해져서 계속 울 것 같은 생각이 들어 얼른 종이를 가방에 넣어버렸다.

자서전을 들고 담임쌤과 만났다. 한참 동안 내 글을 읽으시더니 쌤이 말씀하셨다.

"와우!"

"?"

"길이가 너무 짧은데?"

"아 근데요. 제가 그 이상은 도저히 못 쓰겠더라고요. 봐주세요."

"그런데……."

"네?"

"근데, 내용이 참 좋아. 솔직해서. 글은 솔직하게 쓰는 게 감동적이 거든. 네 마음이 잘 나타나 있어서 좋아."

"진짜요?"

"그럼~ 진짜지. 상윤이가 요 며칠 사이에 부쩍 큰 것 같네?"

선생님의 말씀에 괜히 멋쩍어진다.

"그래, 그래서 이제부터 상윤이는 뭘 하면서 살고 싶어?"

"뭘 하면서 살지는 아직 모르겠어요."

"그럼?"

"그냥, 다른 애들 하는 것처럼, 지각 안 하고, 수업시간에 안 자고, 쌤들한테 욕 안 하고, 애들이랑 안 싸우고, 화도 잘 참아보고. 뭐 그거라도 해보려고요."

"그래. 그게 제일 중요한 거야. 그것만 잘해도 충분해! 그런 생각을 했다니 아이고 기특해라!"

"헤헤~."

"그렇게 하다가도 순간순간 스트레스가 쌓이고 힘든 순간이 올 텐데, 그런 순간에 이겨낼 만한 어떤 취미나 특기 이런 거 있어?"

"뭐, 그런 건 딱히 없어요. 게임이나 유튜브 보는 거 말고는."

"그래?"

"아닌데. 쌤이 듣기론 노래를 꽤 잘 한다고 들었는데!"

아니, 도대체 쌤은 나에 대해서 어디까지 알고 계시는 건지 모르겠다. 이건 또 누구한테 들으신 건지 모르겠다.

난 밥 먹다가도 화가 난다

"누가 그래요?"

"누구긴?"

누굴까? 머리를 굴리기도 전에 희라가 떠오른다.

"희라요?"

선생님은 웃으면서 고개를 끄덕이신다.

"희라가 네가 노래 부르는 동영상도 쌤한테 보내줬는걸?"

"아오! 안 돼요! 쌤 그거 보신 거예요?"

"그럼!"

"아! 맙소사! 에바에요. 쌤!"

"뭐래는 거야. 멋지기만 하더구만!"

"상윤아!"

"네?"

"스트레스 쌓이고 힘들고 이럴 때는 네가 잘 하는 노래, 노래를 불러보는 것은 어떨까? 좋아하는 것을 하면서 스트레스를 풀어주는 것도 중요하거든. 지금으로선 성적이 좀 많이 안 좋아서 예고 가기는 힘들겠지만, 우리학교 밴드부에 들어가는 건 어떨까?"

말도 안 된다. 밴드부는 다 공부 잘하고 모범생들로 채워져서 내가 들어가면 싫어할게 뻔하다. 어떻게 된 게 요즘은 공부를 잘하는 것들이 노래도 잘하고 춤도 잘 추고 못하는 것이 없는지, 너무 불공평한 세상인 것 같다는 생각이 든다.

"저는 안 될 텐데요."

"왜?"

"애들이 싫어할 것 같아서요."

"왜 해보지도 않고 그래? 안 그래도 보컬 하던 애가 전학을 가서 새로 뽑는다고 하니까 가서 오디션 봐봐. 응? 쌤이 미리 말해둘게."

"그래도……."

"왜 그러는데?"

"그러면 축제 때도 공연하고, 다른 학교에 가서도 공연하고 그러는 거예요?"

"그치. 밴드부가 되면 그렇게 되는 거지. 재밌겠지?"

"저 안 할래요."

"왜?"

"저 무대공포증도 있고, 또 창피해서요."

"야!"

갑자기 담임쌤이 소리를 꽥 지르셨다.

"네?"

"그렇게 창피한 것을 아는 녀석이, 지금까지 한 것을 생각 좀 해봐라. 응?"

"아니, 지난 과거는 이제 잊어주시고요."

"그러니깐, 하라고. 밴드부."

"생각해 보고요."

"와우! 진짜로? 생각 좀 하라고 그렇게 말했더니 드디어 이제 일상이 '생각 먼저' 하는 걸로 된 거야?"

"아니 그게 아니라……."

난 밥 먹다가도 화가 난다

"알았어, 알았어! 알았으니 내일 보자! 잘 가!"

"네."

집으로 가는 길, 노래를 듣는다.

'오디션이라니 무슨'

그런데 오디션을 생각하니 갑자기 가슴이 두근거리기 시작한다.

'나는 슬픈 노래가 좋은데 누구 노래를 하지? 길구봉구? 워너원? 아니면 올드하지만 진짜 슬픈 임창정? 윤종신?'

갑자기 집에 빨리 가서 유튜브로 음악을 들으면서 노래를 따라 부르고 싶은 생각이 든다. 나도 모르게 빨리 달리기 시작한다.

날마다 학교에서 돌아오면 방문을 닫고 노래를 부르고 있으니 엄마가 이상했는지 물었다.

"너, 무슨 일 있어?"

"아니, 왜요?"

"왜 며칠 동안 계속 노래만 불러?"

"그냥."

엄마는 이상하다는 듯이 눈썹을 찡긋거리더니 방문을 닫고 나가려다 한마디를 더했다.

"근데, 엄만 네가 이렇게 노래 잘하는지 처음 알았다."

문을 닫는 엄마의 뒷모습이 웃고 있었다. 뒷모습에서도 표정이 느껴진다는 사실을 처음으로 알았다. 내가 뭔가를 해서 엄마한테 칭찬을 받아본 것이 태어나서 처음 있는 일이다. 갑자기 가슴이 콩닥콩닥 뛰기 시작한다. 내가 엄마 마음을 기쁘게 했다는 사실에 가슴이 벅차오른다.

'이상윤! 앞으로, 이렇게, 잘 살아보자!'

오늘은 밴드부 오디션이 있는 날이다. 아침부터 왠지 모르게 설레고 걱정도 되고 마음이 복잡하다. 정문을 막 들어서고 있는데 광석이가 뒤에서 부른다.

"야! 야 이상윤!"

이상하다. 내가 일찍 다니니까 저놈도 학교에 일찍 오는 것 같은 이 이상한 느낌은 기분 탓일까?

"왜?"

"야, 부르는데 그냥 가냐?"

"너 왜 이렇게 빨리 다녀?"

"아 진짜 개무섭다니깐."

"누가?"

"경진이지 누구야."

"그게 네가 일찍 학교에 오는 이유냐?"

"아 몰라. 진짜. 어찌 된 게 담임보다 반 여자애가 더 무섭냐?"

"원래 여자애들이 무서운 거야."

"뭐라고? 여자가 왜 무서워?"

갑자기 뒤에서 여자애의 목소리가 들려온다. 희라다.

"어? 아니야."

"아니긴! 내가 다 들었는데!"

"아니, 너 예쁘다고."

광석이의 능청스런 말에 희라는 대꾸도 하지 않는다. 그러자 광석이는 갑자기 말을 돌린다.

"상윤이 너 요새 사람 됐다면서?"

"뭔 소리야? 내가 언제 사람 아니었냐?"

"사람 아니었지. 짐승이었지."

광석이의 말에 희라가 한마디 한다.

"광석아, 너도 똑같단다. 너 자신을 좀 알아라. 쫌~"

"와! 너는 상윤이랑 같은 반이라고 상윤이 편만 들어라!"

"당연하지!"

"근데 상윤이 이자식이 너무 착해지면 나는 어떡하나?"

광석이가 갑자기 불쌍한 표정으로 묻는다.

"뭘 어떡해?"

"상윤이 네가 나 무섭다고 안 놀아주면 어떡해."

"아이구, 웃기는 소리하고 자빠졌네."

"하기야. 뭐, 네가 너무 착해지면 내가 재수 없어서 너랑 안 놀지 뭐."

광석이의 말에 희라가 광석이의 뒤통수를 날린다. 3년째 봐 오지만 희라는 진짜 대단하다. 거침이 없다. 남자에게든, 여자에게든, 쌤들에게든.

"얏! 아프잖아!"

"야, 너도 좀 철 좀 들어라. 그렇게 건들거리면서 다니지 말고. 개폼 좀 잡지 말고. 내가 너 같은 애랑 친구라는 사실이 쪽팔린다 쪽팔려."

"와! 희라님! 우리가 친구였어요?"

광석이가 웃으면서 도망간다. 희라도 쫓아가면서 멈추라고 소리를 지른다. 재미있는 친구들이다. 이 친구들이 없었다면 나는 지금까지 학교에 다니지 못했을지도 모른다. 광석이는 같이 담배를 피우고 놀기도 하는 친구지만 친구가 없는 나에게 말도 걸어주고 함께 해준 친구, 희라도 항상 먼저 다가와주는 친구였다.

그러고 보니 이렇게 좋은 친구들이 있었는데 나는 항상 혼자라고 생각하고, 세상이 다 나를 싫어한다고 생각해왔던 것 같다. 왜 그렇게 바보 같은 생각을 하고 혼자 힘들어했을까. 지나가던 동훈이가 말을 건넨다.

"오늘도 빨리 오네?"

"어? 응."

"얼른 가자."

"응."

다들 이렇게 착한 아이들이었다. 내가 이 아이들이 다가오지 못하도록 보이지 않는 유리벽을 만들어놓았다. 왜 친구들이 다가오면 으르렁거리고 살아왔는지도 모르겠다. 이제는 그 벽을 부서야 할 시간이 온 것 같다. 그리고 그럴 수 있을 것 같다.

오디션은 강당에서 열렸다. 보컬 한 명 뽑는데 지원자가 무려 12명이나 모였다. 아무리 생각해도 괜히 지원한 것 같다. 아이들 앞에서 공

196

개적으로 망신이나 당하는 것은 아닐지 모르겠다. 아침 자습시간에 갑자기 담임쌤이 뜬금포를 날리셨다.

"애들아! 오늘 상윤이가 밴드부 오디션 보는데 잘하라고 박수 한 번 칠까?"

"네!!!!"

"짝짝 짝짝짝"

"휘~ 이, 획!"

아이들의 박수와 휘파람에 나도 모르게 얼굴이 빨개졌다. 책상 밑으로 숨고 싶은 심정이었다.

"어라? 상윤이가 부끄러워할 줄도 아네?"

담임쌤 말에 아이들이 모두 웃는다.

무슨 노래를 할까 어제 밤새 고민에 고민을 거듭한 끝에 불후의 명곡에서 정동하가 불렀던 임재범의 '비상'이라는 노래를 선택했다. 이 노래를 애들이나 심사하실 쌤이 알지는 모르겠지만, 내가 이 노래를 들었을 때 노래도 너무 좋아서 온몸에 소름이 돋았었다. 나는 눈곱만큼도 따라갈 순 없겠지만 열심히 불러볼 생각이다. 강당은 구경하는 아이들과 심사하는 쌤들이 계셨다. 여덟 명의 아이들이 먼저 부르고 아홉 번째, 내 차례가 되었다. 긴장이 되었다. 심장이 두근거리고 팔다리가 떨려왔다. 다른 애들은 떨지도 않고 잘 하는 것 같은데 나는 떨다가 다 망치게 생겼다.

'아이 씨~ 지금이라도 도망갈까?'

마음속에서 또 목소리가 들린다. 그 순간 나를 부르는 목소리가 들린다.

"9번, 이상윤!"
"네."
"불러보자."
"네."

간주가 나온다. 눈을 감는다. 숨을 크게 내 쉬었다 들이 마셔본다. 후~ 떨린다. 집중하자! 집중! 집중!

누구나 한번쯤은 자기만의 세계로 빠져들게 되는 순간이 있지
그렇지만 나는 제자리로 오지 못했어. 되돌아 나오는 길을 모르니

너무 많은 생각과 너무 많은 걱정에 온통 내 자신을 가둬두었지.
이젠 이런 내 모습 나조차 불안해보여. 어디부터 시작할지 몰라서

나도 세상에 나가고 싶어. 당당히 내 꿈들을 보여줘야 해.
그토록 오랫동안 움츠렸던 날개 하늘로 더 넓게 펼쳐 보이며
날고 싶어

- 임재범의 '비상' 중에서

난 밥 먹다가도 화가 난다

눈을 감고 노래하는데 아이들의 환호성이 들린다. 간주하는 동안 살며시 눈을 떴다.

'뭐지 저건?'

희라와 반 아이들이 피켓을 만들어 와서 두 팔을 올려 좌우로 흔들며 응원하고 있다.

잘생갓상윤♥ 화 대신 멋짐폭발♥

'아, 이건 또 뭐야'

가만히 보니 담임쌤과 상담쌤, 그리고 카리스마 있는 학생부쌤까지 두 손을 올려서 좌우로 흔들고 계신다.

'아이, 노래해야 하는데 왜 저러는 거야'

긴장되었던 마음이 녹아내리는 대신 알 수 없는 뭉클함이 내 안에서 차오른다. 이게 슬픔인지 기쁨인지는 모르겠다. 내 가슴 속을 내내 짓눌러왔던 그 무겁던 바위와 돌탑들이 터져서 위로 올라오는 것만 같다. 눈물이 흐른다. 이렇게 눈물이 나오는데 노래를 끝까지 할 수 있을까?

감당할 수 없어서 버려둔 그 모든 건 나를 기다리지 않고 떠났지.

그렇게 많은 걸 잃었지만 후회는 없어. 그래서 더 멀리 갈 수 있다면

상처 받는 것보단 혼자를 택한 거지. 고독이 꼭 나쁜 것은 아니야.

외로움은 나에게 누구도 말하지 않을 소중한 걸 깨닫게 했으니까

이젠 세상에 나갈 수 있어. 당당히 내 꿈들을 보여줄 거야.

그토록 오랫동안 움츠렸던 날개 하늘로 더 넓게 펼쳐 보이며

다시 새롭게 시작할거야. 더 이상 아무것도 피하지 않아.

이 세상 견뎌낼 그 힘이 돼 줄 거야

힘겨웠던 방황은

— 임재범의 '비상' 중에서

난 밥 먹다가도 화가 난다

13.

오르고 또 오르면

"딴따다라란~따라 딴따라라란~딴따라라란~딴 딴따라라란~"

"아이 씨! 또 뭔 소리야!"

귓가에서 계속 울려 대는 핸드폰을 던져버렸다. 책상 밑으로 처박혀서도 핸드폰은 계속 울어 댄다. 아 진짜 도대체 몇 신데 알람이 울리고 난리인지 짜증 제대로다. 다시 잠이 들었는데 얼마 안 있어 또 벨이 울린다.

"악!!!!!!!!!!!!!! 진짜 이게 뭐야!!!"

엎드린 채로 책상 밑까지 기어갔다. 이번엔 전화다. 오마이 갓이다. 맙소사! 또 담임쌤이다. 하루도 안 빠지고 이렇게 아침마다 전화를 해 댄다. 죽겠단 말이에요. 쌤. 나 좀 살려주시라고요! 안 받고 싶지만 학교에 가서 또 전화 안 받았다는 구박을 받기 싫어 어쩔 수 없이 받는다.

"여보세요."

"상윤쓰! 아직도 자냐?"

"네."

"일어나!"

"일어날게요."

"지금 일어나라고!"

"아후…… 알았다고요!"

"어쭈, 이놈 봐라? 쌤이 바쁜 출근길에 이렇게 모닝콜까지 해주는데 '감사합니다' 해도 모자랄 판에 '알았다고요'라니!"

"일어나요, 일어난다고요!"

"진짜지?"

"진짜로요!"

"오케이! 그럼 끊어주겠어! 바로 씻어라! 좀 있다가 보자!"

"네."

전화를 끊고 베개에 얼굴을 묻고 흔들었다. 진짜 환장하기 일보 직전이다. 안 받으면 받을 때까지 전화를 해대는 끈질김은 기네스북에 올라도 모자랄 지경이다. 에고~ 내가 전화기를 꺼놓고 자지 않는 이상은 편하게 잘 날이 이제 없을 것 같다.

잠결에 화장실에 가서 씻고, 정신없이 집을 나섰다. 어제도 새벽 3시엔가 4시쯤에 잤는데, 이렇게 일찍 또 깨우다니. 맘 같아서는 뭐라고 해버리고 싶지만 담임쌤이라 그럴 수도 없고, 진짜 괴로워 죽을 맛이다. 이렇게도 사람을 괴롭힐 수 있다는 걸 나한테 알려주고 있다.

난 밥 먹다가도 화가 난다

정문을 통과하려는데 뒤에서 광석이가 부른다.

"야! 똘!"

"왜?"

뒤를 돌아보고 기다리니 광석이가 나더러 오라고 손짓을 한다.

"왜?"

"이리 오라고!"

"아 빨리 가야지 왜!"

"아이, 새끼야 빨리 와봐!"

광석이가 있는 데까지 가니 광석이가 내 어깨에 팔을 걸쳐 올리고선 학교 반대편으로 방향을 바꾼다.

"왜! 어디가!"

"한 대 피우고 가자."

"아, 싫어!"

"한대만 피우고 가자고!"

"걸리면 어쩌려고!"

"야, 아침 등교시간에 거기 쌤들이 오는 거 봤냐?"

"지각하잖아."

"지각이 한두 번이냐?"

"몰라. 혼자 가."

"야, 의리 없이 이러기야?"

광석이가 갑자기 표정을 구기면서 바닥에 침을 탁 뱉는다. 그 모습을 보니 마음이 약해지고 만다. 사실 나도 담배 생각이 간절하긴 했다.

지각 안 하려고 그냥 열심히 가긴 했는데, 요즘 담배 줄이느라 얼마나 고생을 했는지 2kg이나 빠졌다. 담배 끊는 거 이거 완전 스트레스다.

"알았어. 그럼 얼른 가."

골목길 상가의 모퉁이에 서서 둘이 마주보고 담배를 피우기 시작했다. 이것이 몸에 좋은 것이라면 얼마나 좋을까. 왜 몸에 안 좋은 걸 배워서 이렇게 몰래 피워야할까. 이런 저런 생각을 하면서 피우는데,

"야, 튀어!"

광석이가 말을 던져놓고 정신없이 뛴다. 나도 덩달아 뛴다. 뒤에서 소리치는 게 들린다.

"야! 거기 서!!"

학생부장이다. 아이고 맙소사, 죽었다.

"광석이! 상윤이! 너희들! 바로 학생부로 가 있어! 튀면 죽는다!!!!"

열라 뛰면서 광석이한테 물었다.

"너, 어디로 갈 거야?"

"어디로 가다니?"

"학생부로 갈 거야?"

"미쳤냐? 교실로 가!"

"그래."

너무 열심히 뛰어서 숨이 제대로 쉬어지지도 않는다. 숨을 못 쉬어 죽을 것만 같은 상태로 뒷문을 열어젖히니 담임쌤과 반 애들이 동시에 모두 뒤를 돌아봤다.

"아이구! 잘~ 한다!"

난 밥 먹다가도 화가 난다

담임쌤이 한심하다는 듯이 말한다.

"야! 우리 반에서 쌤한테 모닝콜 받아본 사람 있어?"

"아니요!!!"

"야! 이상윤! 너는 쌤한테 영광스러운 모닝콜까지 받고 지각하기냐? 응?"

나는 대답이고 뭐고 할 겨를도 없이 의자에 앉아 땀을 손등으로 닦으며 헉헉거리고 있었다.

"그 시간에 깨웠는데 지각을 하다니, 그것도 대단하다. 대단해!"

아이들이 여기저기에서 키득거린다.

"그래도 늦었다고 뛰어온 것은 기특하다. 그건 칭찬! 근데 뭐 하느라 늦었냐?"

뭐하느라 늦었냐고 묻는데, 대답을 할 수가 없다. 알면 또 뭐라고 하시려나. 그나저나 학생부장쌤이 교실로 오면 안 되는데. 아니 하필 거기서 딱 마주칠 게 뭐야. 학생부장도 담배피우는 거 아니야?

"대답 못하는 걸 보니, 또 잤네 또 잤어. 그치? 지각했으니깐 오늘 남아서 시 외워라!"

"네?!!!"

"시 외우라고! 네가 제일 싫어하는 거! 따라와! 교무실로 따라와서 시 뽑아서 가!"

"좋겠다~ 시도 외우고!"

희라가 놀린다.

"그러게! 이러다가 상윤이 시인되는 거 아니냐?"

지현이도 덩달아 놀린다.

"아이 씨! 너도 외워봐라! 얼마나 괴로운데!"

내가 오만상을 찌푸리며 말하니 희라가 말한다.

"그러니깐, 지각을 왜 하냐? 큭큭큭."

놀리는 애들을 뒤로 하고 교무실로 갔다. 3학년 교무실 문을 여는 순간, 학생부장쌤과 마주 서 있는 광석이가 보였다. 그리고 의자를 문으로 향하게 돌려 앉아서, 도끼눈을 하고 나를 쳐다보고 있는 담임쌤이 보였다. 오 마이 갓뜨! 망했다.

담임쌤이 늘 내가 앉는 의자를 검지로 툭툭 치며 가리켰다. 조용히 앉아서 다리를 떨며 손톱을 물어뜯었다. 나를 앉혀둔 담임쌤이 학생부장쌤에게 말했다.

"부장님! 요 녀석들 어떻게 할까요?"

"그러게 말입니다. 한두 번도 아니고, 좀 잘 한다 싶었더니 또 그러고 또 그러고. 무슨 무한 반복 재생 버튼을 눌러놓은 것 같지요?"

"상담 프로그램 한 번 더 돌릴까요? 그게 좋을 것 같은데요."

학생부장쌤은 고민하는 듯하더니 말했다.

"그냥, 바로 생활교육위원회 한 번 더 갈까요?"

"악! 죄송해요. 잘못했어요!"

광석이가 먼저 소리치면서 잘못했다고 빌었다. 나도 잘못했다고 해야 할 것 같았다.

"죄송해요."

내 말에 학생부장쌤이 말했다.

난 밥 먹다가도 화가 난다

"우리 담임쌤이 상담 프로그램 하자고 하시니깐, 그러면 상담 프로그램으로 돌리도록 하지요."

"네. 그래야 할 것 같아요. 하다 보면 요 녀석들, 그래도 좋아질 날이 오겠죠?"

"좋아지겠죠. 그래도 상윤이가 요새 욕하는 건 좀 줄었지 않습니까? 오르고 또 오르면 못 오를리 없다는 말도 있으니, 그러니 믿어야죠! 상윤이가 스스로 더 나은 사람이 되려고 노력하기만 한다면 분명히 바뀌는 날이 오겠죠!!"

광석이는 안심이 된다는 듯이 슬며시 웃었지만, 나는 죽을 맛이었다. 상담만 받으면 좋을 텐데 또 마음 고르기 프로그램도 같이 가는 건 아닌지 모르겠다. 애초에 저 자식 말을 듣는 게 아니었는데, 아우! 저 걸 그냥!

담임쌤은 사실 확인서 1장, 반성문 1장을 빈칸 남김없이 빽빽하게 쓰도록 하더니, 이상한 시가 적힌 종이를 주면서 100번이나 써오라고 숙제까지 내주셨다. 오늘 밤 잠자긴 글렀다. 도대체 이건 또 무슨 소리를 하고 있는 거냐.

태산이 높다하되 하늘아래 뫼이로다.
오르고 또 오르면 못 오를리 없건마는
사람이 제 아니 오르고 뫼만 높다 하더라.

비몽사몽간에 100번을 써서 학교에 갔다. 아침 조회가 끝나자마자 담임쌤이 나를 호출했다. 기억력도 좋으시다. 도대체 잊어버리는 법이 없다. 젠장.

"써 왔어?"

교무실에 갔더니 담임쌤이 손바닥을 내민다.

"여기요. 쓰느라 죽을 뻔 했다고요!"

나는 시를 100번 쓴 종이를 내밀었다. 담임쌤은 먹을 것이라도 받아든 사람처럼 신난다는 표정으로 내가 쓴 것을 꼼꼼히 살폈다.

"오케이! 미션 완료!"

"됐죠? 이제 가도 되죠?"

내가 얼른 교실로 가려고 하니 담임쌤이 다시 나를 붙잡는다.

"야 이 녀석아. 너 그렇게 담배 피우다 튄 게 이걸로 끝날 거라고 생각했어?"

'아이코 이건 또 뭔 소리냐. 이게 끝이 아니었다고?'

"또 뭐가 있어요? 제발 한 번만 봐주세요."

"아니야. 이것이 1단계였고. 이제 2단계 갑니다."

나는 똥씹은 표정으로 담임쌤 발만 내려다보고 앉아서 손톱을 물어뜯기 시작했다.

"아이쿠, 우리 상윤이 또 불안한가 보네. 요즘 안 물어뜯더니 또 시작이야. 쌤이 식초 바른다고 했지?"

"아니. 그니깐요. 앞으로 안 할 테니까 봐주세요."

"상윤아, 쌤 말 잘 들어. 화 내지 말고. 알겠지?"

무슨 이야기인데 이렇게 목소리를 깔고 이야기하시는지 갑자기 긴장이 됐다.

"상윤이가 무슨 잘못을 하면 아빠한테 늘 숨기고, 아빠한테 들킬까 봐 불안해하고 그랬잖아. 그치?"

"네."

"근데, 살다 보면 누구나 잘못은 할 수 있어. 그리고 그런 순간에 부모와 자식 간에는 터놓고 이야기 할 수 있어야 해. 근데 지금까지 그런 걸 해보지 못했으니깐 이것도 연습이 필요해. 솔직하게 말씀드리고 용서를 구하는 거 말야. 이렇게 하다보면 서로에게 믿음이라는 게 생기거든."

아우, 이건 또 무슨 개소리인지 모르겠다. 한마디로 지금 나보고 담배피우다 걸렸다고 아빠한테 직접 말하라는 건가? 아! 열 받는다.

"아니 쌤!"

나도 모르게 또 목소리가 커졌다.

"아니, 아시면서 뭘 또 말하래요!!!"

내 목소리가 커지자 담임쌤의 목소리는 작아졌다.

"상윤아, 흥분하지 말고 차분히 들어봐. 네가 이야기해도 아빠는 널 때리지 않으실 거야. 왜냐하면 쌤이랑 약속을 하셨거든. 믿어. 응? 그리고 말씀 드리도록 해. 그리고 용서를 구하는 거야. 힘들고 두렵고 그럴 거란 거 알아. 하지만 해보자! 부딪쳐보는 거야. 네가 진심으로 말씀을 드리면 받아들이실 거야. 이런 과정을 통해서 서로에게 믿음도 생기는 거야."

"아니에요."

"그래도 무서워?"

"무섭죠. 그럼."

"무서운 거 알아. 그래도 해보자. 응? 아버지도 상담도 받고 계시잖아. 그치? 걱정하지 말고. 응?"

"쌤 같으면 걱정이 안 되겠어요?"

"못 하겠어? 그럼 학교에 오시라고 해서 쌤이 말씀 드릴까?"

"아니요! 그건 아니죠! 아이, 진짜 쌤은 저 괴롭히려고 작정을 하셨어요?"

담임쌤은 말도 안 된다는 듯이 웃으며 말했다.

"설마요. 쌤이 설마 사랑하는 제자를 괴롭히고 싶겠니? 완전 대박 괴롭히고 싶지. 큭큭큭큭. 농담이야 농담!"

"아, 진짜~ 쌤!"

"그래. 오늘 가서 한번 말씀 드려봐. 알겠지?"

생각만 해도 마음이 답답하고 불안하고 괴로운데, 담임쌤 말씀이 맞는 것 같다. 언제까지 피할 수만은 없다. 모르겠다. 될 대로 되라지.

집에 가자마자 배가 고파 저녁을 먼저 먹고 아빠가 오시길 기다렸다. 아빠는 상담을 받기 시작한 후로 술을 마시는 횟수가 많이 줄었다. 일주일에 한두 번은 꼭 술을 드셨는데 이젠 이주에 한 번 정도 드신다. 오늘 술을 안 드시고 오시기만을 바랄 수밖에 없다.

음악을 들으면서 SNS를 하고 있는데 아빠가 들어오는 소리가 들렸다. 문을 열고 나갔다.

난 밥 먹다가도 화가 난다

다행이다. 술 안 드셨다. 갑자기 나도 모르게 안도의 한숨이 나왔다.

"뭔 한숨이냐? 인사도 안 하고?"

"다녀오셨어요."

"그래. 밥 먹었냐?"

"네."

아빠는 바로 식탁으로 가서 앉으셨다. 아빠가 저녁을 다 드시기를 기다리는 동안 얼마나 긴장이 되었던지, 내 심장의 절반은 쪼그라져서 없어져 버릴 것만 같았다. 아빠가 식사를 마치고 거실 소파에 앉아서 TV를 켜는 순간. 나는 심호흡을 한번 하고 아빠를 불렀다.

"아빠."

아빠는 TV를 보며 대답했다.

"응."

"할 말이 있어요."

TV를 보던 아빠가 나를 쳐다봤다. 내 심장 뛰는 소리가 내 귀에도 들릴 정도로 쿵쾅쿵쾅 크게 뛴다. 진정이 안 된다.

"저… 오늘요……."

"아니, 사내자식이 뭔 뜸을 이렇게 들여?"

"저, 제가 오늘 잘못한 게 있어요."

"뭐?"

아빠의 눈이 갑자기 커진다. 악! 그래, 말하면 안 되는 거였어 젠장……. 괜히 말을 한 거야. 아, 진짜 담임쌤이 원망스럽다. 아빠는 분명 놀란 것 같은데 조용한 목소리로 다시 물으셨다.

"저, 오늘 아침에 학교 가다가 담배 피우는 걸……."

"야이! 짜식!"

내가 나도 모르게 움찔 하면서 손으로 얼굴을 가렸나보다. 이건 뭐 자동반사적인 행동이니 내가 안 하려 해도 안 할 수가 없었다. 아빠의 손이 날아올 거라고 생각했는데 아빠의 손이 내 손을 잡더니 무릎으로 손을 내려주셨다.

"담배를 피웠다고?"

아빠는 약간은 떨리는 목소리로 물으셨다.

"네. 잘못했어요. 앞으로는 진짜로 정말로 안 피울게요."

"흠~."

아빠가 아무 대답도 안 하시니 죽을 맛이었다. 시간이 멈춰버린 것만 같았다.

"아빠가 잘못했다."

순간, 나는 내 귀를 의심하지 않을 수 없었다. 지금 아빠가 한 말을 내가 제대로 들은 것이 맞나? 아빠가 왜 잘못을? 내가 잘못했는데 이게 무슨 소리지? 아! 진짜 제대로 죽나보다. 이런 생각을 하고 있는데 아빠가 다시 말씀하신다.

"아빠가 담배를 피우니 네가 뭘 보고 배웠겠냐. 아빠가 잘못했지."

"아니에요 아빠. 제가 피우면 안 되는데 진짜 잘못했어요."

"그래. 같이 끊어보자."

"네?"

"아빠랑 같이 끊어보자."

난 밥 먹다가도 화가 난다

아, 지금 이 상황이 실화 맞냐? 전화라도 걸어서 친구들한테 자랑하고 싶다. 아빠가 나 때문에 담배까지 끊어보겠다고 하시는 게 이게 진짜 실화? 방방 뛰고 싶다.

"진짜요??"

"그래. 방금 네가 담배를 피웠다는 말에 화가 났는데 의사 선생님 말씀을 떠올리고 참았다. 그리고 아빠가 쑥스러워서 말을 못했는데, 아빠가 너를 교육시킨다고 때리고 그랬던 거 미안하다. 아빠가 그렇게 보고 자라서 그렇게 해왔는데, 잘못됐다는 걸 이제야 알았다. 의사 선생님이 진즉에 너한테 말하라고 했는데 이 말 하기가 왜 그렇게 어렵던지. 미안하다 아프게 해서, 우리 아들."

갑작스런 아빠의 말에 내 마음은 먹먹한데 이럴 때 웃어야 하는 건지 울어야 하는 건지, 괜찮다고 해야 하는 건지, 아니라고 해야 하는 건지, 도무지 알 수가 없어서 아무 대답도 할 수가 없다.

"아빠!"

아빠를 부르는 내 목소리가 눈물로 출렁거렸다.

"제가 잘 할게요. 앞으로 사고 안 칠게요. 죄송해요."

"상윤아."

"네, 아빠."

"그래. 우리 잘 살아보자."

"네……."

바보같이 눈물이 자꾸만 난다. 눈물이 나는데 피식피식 웃음도 터져 나온다. 울다가 웃으면 똥구멍에 털 난다는데. 큰일 났다.

어제는 정말 기분 좋게 잠이 들었다. 마음이 얼마나 편안하고 따뜻했던지 꿈속에서도 계속 웃었던 것 같다. 한참을 꿈속에서 재미있게 웃고 있는데 갑자기 아빠 목소리가 들려왔다.

"상윤아! 이상윤! 일어나!"

갑자기 켜진 불에 눈이 부셔서 눈을 뜰 수가 없었다.

"일어나! 아빠랑 운동 가자!"

"아, 무슨 운동요. 졸려요."

"어서 일어나서 나와."

"아, 아빠 제발~."

아빠는 말만 던져놓고 나가버리셨다. 시계를 보니 6시다. 아후~ 어제 저녁에 쉽게 용서 해주시는 게 이상하다 싶었는데 이런 식으로 괴롭히려고 그러셨나. 몸이 무거워서 도저히 일어설 수가 없는데 운동이라니.

겨우 옷을 챙겨 입고 현관 밖으로 나가니 아빠가 운동복을 입고 뒷짐을 지고 서 계신다.

"가자."

"어딜요?"

"운동장."

아빠의 걸음이 점점 빨라진다.

"근데 갑자기 웬 운동이에요?"

"아빠 디스크에 빠르게 걷기 운동이 최고란다. 운동 안 하면 수술해야 한다고 해서."

"아. 네."

아빠의 걸음을 따라가려고 종종 걸음을 걸으니 아빠는 더 빨리 저만큼 걸어가신다. 이 시간에도 이렇게 많은 차들이 다니고 사람들이 어디론가 바삐 움직이고 있다는 사실이 신기하다. 마치 꿈속의 세상을 걷고 있는 듯한 느낌이다.

아직 아침이 내리지 않은 운동장은 안개에 둘러싸여 있다. 겨우 아빠를 쫓아가서 옆에 서서 걷는다. 걸으면 걸을수록 점점 걸음이 빨라진다. 코로 공기를 들이마셨다가 입으로 공기를 내뱉는다. 머리가 점점 맑아지는 것 같다.

"상윤아!"

"네?"

"힘들지?"

"뭐가요?"

"그냥 이것저것 힘들 거야."

"아니에요."

"꾸준히 운동하면 아빠 허리도 좋아진다고 하니, 너도 꾸준히 노력하면 좋아지지 않겠냐."

아빠는 다시 더 빠른 걸음으로 앞으로 걸어 나간다. 아빠가 얼마나 아프고 힘들었으면 이렇게 운동을 시작하셨을까 하는 생각을 하다 보니, 어쩌면 아빠는 나를 위해서 운동을 시작했는지도 모른다는 생각이 든다. 허리가 아픈 것보다 내가 마음 아프게 한 것이 더 아팠을지도 모른다. 그래서 이 운동을 시작하고 있는지도 모른다.

'그래, 무엇이든 해보자. 운동이든, 화 안내기 연습이든, 담배 끊기 연습이든 뭐든 함께 걸어주는 아빠가 옆에 계시니 해볼 만하지 않을까?'

걷기 시작하는 내 발에 힘이 실린다. 달리듯 걷는 내 발걸음 뒤로 모래 연기가 피어오른다. 잠시 후 전화벨이 울린다.

"여보세요!"

"상윤쓰! 일어났어?"

"네."

"오우! 웬 일? 쌤보다 빨리 교실에 들어가 있기다!"

"네!!! 당근이죠!!!"

해가 떠오르면서 안개가 걷힌다. 아빠와 내 발걸음은 더 가벼워지고 더 빨라진다.

난 밥 먹다가도 화가 난다